文春文庫

アレキサンドリア

曽野綾子

文藝春秋

目次

アレキサンドリア

——人間は、実に不気味なほど変わらない。進歩もない。変化も変質もない。

紀元前の海の向こうの世界に住んだ人々も、今この土地に生きる我々も、同じような愚と迷いを引きずっている。

その中で、輝くのは知恵——ということにはなっているが、ほとんど毎日のように叢雲がその前を横切るのをどうしようもない。

喪服の一家

初めに私の偉大な祖父のことを語りたい。

彼の名は「シラの子、エレアザルの子、ヨシュア」である。祖父は、アレクサンドロス大王が死去して約百年後に生まれ、エルサレムではその名を知られた偉大な律法学者であった。私は彼の孫に当たる。名は同じヨシュア。私の誕生に当たり、父は自分の偉大な父にして、信仰厚かったヨシュアの名を取って、息子の私に与えてくれたのである。

私は今日も朝早くから、一本の棗椰子《なつめやし》の下のテーブルで、仕事を続けている。太陽が高く昇ると、突然或る時刻から、火がついたように暑くなるからだ。だから私は、まだ夜の闇が居座っていて、弱々しい暁の光がけなげにそれを追い払わねばならない時刻に仕事を始める。《アレキサンドリア人》と呼ばれる連中によれば、暁の女神のエーオースが二頭の馬車に乗ってサフラン色の紗を靡《なび》かせてやって来る時刻だ。偉大な祖父ヨシュアも、その遺作の中で書いたのである。

「知恵を愛する者は、命を愛し、

朝早くからそれを求める者は、

喜びに満たされる」

朝の海風が快い。私の家の庭の端からは、はるかかなたにアレキサンドリアの灯台が見える。私の生活はいつもこの灯台の灯と共にあった。灯台は生命そのものを、そしてまたあくなき欲望をも表していた。遠くエルサレムの山並みに住む「同朋《レア》」は、これを堕落と言うであろう。しかし私はこの光景の中で青春を迎えた。あたかも祖父ヨシュアの心の中心に、エルサレムの神殿が生きていたのと同様に。私は紛れもなく、この心をそそるようなアレキサンドリアの港の風の中で成長したのだ。

私がアレキサンドリアに来たのは、あのフュスコン（太鼓腹）と呼ばれるエウエルゲテス二世王の治世三十八年である。フュスコンは狂気の人であった。太鼓腹の妻、クレオパトラ二世は、そもそもは太鼓腹の妹であるが、同時にかつては、兄王の妻でもあった。この兄妹夫婦の間には、二人の娘と、一人の息子が生まれた。兄王の死後、クレオパトラ二世は、この息子と共同統治者を名乗っていたのだが、太鼓腹は、この兄の妻にして自分の実の妹でもあるクレオパトラを妻にした。そしてその息子、つまり甥《おい》を殺した。

兄王とクレオパトラ二世の夫婦の間に生まれた二人の娘のうちの一人がクレオパトラ三世である。太鼓腹はこの姪《めい》にして妻の娘でもあるクレオパトラ三世も誘惑して結婚した。その結果、太鼓腹は母と娘、すなわち妹と姪の二人を同時に手元において楽しんだことになる。

さすがのクレオパトラ二世も、この乱脈には愛想が尽きたらしい。一方この土地の人々は、王家の醜聞に馴れっこになっていた。人の不幸の好きな連中にとっては、いい退屈凌ぎではあったのだが……。クレオパトラ二世は、太鼓腹との間に生まれていたプトレマイオス・メンフィテスを王とし、自分は女王と名乗っていたのである。それに対して太鼓腹は、懲罰の手を緩めなかった。太鼓腹に命じられた官憲がクレオパトラの宮殿に押し入り、まだ少年のプトレマイオス・メンフィテスを攫《さら》った。この時の活劇の様子を、人々はまるで見て来たように語っていたものだ。

太鼓腹はその子の——ということはつまり自分の子の——手足を切り落として、母親で妹のクレオパトラに送りつけた。狂人たちは常に眼のさめるようなことをやり、人々は刺激を好む。

町の道徳的な乱れはひどくなるばかりだった。王家も乱脈だが、町の人たちにも似通った要素がある。

しかし祖父のヨシュアと違って、私はこの土地に馴染《なじ》んでしまった。来た時、私はまだ少年と青年の間くらいの年であった。しかしその年頃の若者は、未だ染料に入れたことのない生《き》の亜麻布のような無垢なものを持っている。どんな色にもたやすく染まるということだ。私はこの海の土地を愛した。その光も、風も、軽薄さも、活力も、雑然とした淫《みだ》らさも、悪の力も、すべてが心地よいものであった。それは海の気配もないエルサレムとは全く違う気候風土の気質であった。

私はギリシア語にもさらに馴染んだ。ギリシア語で話すと、感情の流露も楽になる。それにその方が、この地では同じユダヤ人たちとの付き合いも便利であった。ヘブライ語を話せるユダヤ人というのが、次第に少なくなりつつあったのである。

しかしそれは私が、魂までギリシア人に売り渡したということではない。そういうユダヤ人も少数ながらいないではない。しかし多くのユダヤ人たちは皆立派に同族の信仰と誇りを強固に持ち続けたと私は言っておきたい。

私はこの土地で解放感を覚え、時にはいささか自堕落な暮しをしたこともある、と告白しなければならない。若さというものは常にそういう反抗的なものだったのだ。しかし一つの偶然が私をそのような責任のない境遇から引き戻した。私たち親子は、エルサレムを出る時、かなりの書物を携えて来た。それらの多くは祖父ヨシュアの長年の信仰と研究の源であり結果であったが、当然その中には祖父が書きしるした「関係書類《アフオモイオン》」とでも呼ぶべきものが含まれていた。それは「教訓と知恵に関する書物」とでも言うべき内容で私たち一家の宝物だった。もっとも当時の私はまだ若くて、その書物がどれほどの意味を持つか、てんでわかってはいなかった。いや、はっきり言うと、その著作をていねいに読んでみようという気持ちさえ持たなかった。

しかし今から一年前に、私はたまたま知人の家で、死海の畔《ほとり》のクムラン教団の修道院にいたという人に出会った。その人は、自分がクムランで過ごした日々に、最大の助けになったのは『シラの子、エレアザルの子、ヨシュアの知恵』という本だったと語った。知人はそのクムランから来たという男に笑いながら言った。

「君は今、シラの子、エレアザルの子、ヨシュアの、孫のヨシュアを目の前に見ているんだよ」

その瞬間、クムランから来た男の顔は輝き、ほとんど恍惚とした表情になった。

「野生の鹿も痩せ細る荒野の畔で暮らしている時、私たちの魂も渇いていて生きるのが苦しいほどでした。その時『ヨシュアの知恵』と我々が呼んでいた書物、つまりあなたのお祖父《じい》さんの書かれた『ベン・シラの知恵』を読むことは、荒野に雨が降るような恵みだったんです。おわかりですか。雨は野の百合《アネモネ》を赤く咲かせます。『ベン・シラの知恵』を読む度に私は心の中に花が咲くような気がしたものです」

男はしみじみと語った。

「魂の泉に感謝します。あれがなかったら、私たちはもっと飢え渇いて人生を見失ったろうと思います」

私はほんとうに狼狽した。私が礼を言われるのは、人違いだと思った。私が困惑して口籠もっているとクムランからの男は優しく微笑しながら尋ねた。

「羨ましいですね。生まれた時からずっとお祖父さんの本を読んでお過ごしだったんでしょう? 私が読んだのは、もう三十歳を過ぎていました。人は長くは生きないのに、私はずいぶん長い時間を無駄にしたものです」

私は羞《は》じて口もきけないくらいだったが、相手の誠実さにおされて止むなく答えた。

「私はまだ、祖父の本をまじめに読んだことがありません。内容は父から聞いていますし、ヘブライ語は、充分読み書きもできるのですが……アレキサンドリアに来てからはギリシア語の方が楽になってしまいました。それでつい、祖父の本もまだ億劫《おっくう》で充分に読み通さずにいたのです」

実は私は遊びの方が大切だった、ということなのだが、私は少し体裁をつくろった。

「この土地には、もうそういう人々が多くなったんですよ」

知人は取りなすように言ってくれた。

「ユダヤ人社会の中ですら、若い世代はもうほとんどヘブライ語を解しません。このヨシュアがこの若さでヘブライ語がわかるのは、この子の父が、よく教育しているからなのです」

知人は私の父にまで花を持たせてくれたのであった。

「お祖父さんのご本は、お持ちですか？」

クムランの男は尋ねた。

「家宝として持っています」

「万が一お持ちでないなら、私が一部持っていますので、お貸ししてもいいと思ったのです」

「ここの図書館にも写本があるそうですが……」

私は言った。

「私はまだ見ていないのです。ご承知でしょう。今の図書館長は槍兵上がりのキダスという男です。本など読むかどうかです。そのため、本の管理にも規則が欠けているという噂です」

二人の年長者たちは、私の前で、今のアレキサンドリア在住のユダヤ人たちが、祖父の『ベン・シラの知恵』を読まないことを嘆き合った。ことにクムランの男は、ああいうものを読まないということは、人間として持っている財産を全く利用しないようなものだ、とまで言い切った。

「読めれば、ユダヤ人は読むと思うのですが、読めないのですよ」

知人は代わって弁明してくれた。私はあまりに若輩だったので、万事につけて言葉少なにしていたのだ。

「それだったら、この小ヨシュアが大ヨシュアの知恵の著作を訳せばいい」

クムランの男は言った。

「それはいい考えですね。大きな仕事になるだろうが、このヨシュアには、まだ時間がたっぷりある。幸いにも、よく教育を受けた頭のいい青年ですしね」

それがきっかけだったのだ。その時、私はそんな大きな仕事を自分がすることになろうとは思っても見なかった。ただ、祖父を敬愛し、その著作が愛をもって扱われることを願う点においては、父か私かしかこの任に耐える者はなかったろう。しかし父は既に老齢であった。アレキサンドリアへ来る途中でかかった熱病と、体が弱ると出てくる皮膚病のため、体力も衰えていた。それで父の手助けを受けられる限り、私が適任ということに周囲が決めてしまい、私もそれを私の天職と感じて始めることになったのだ。それもまだほんの一年ほど前のことだ。初めは緊張してぎこちなく……最近では少し、仕事に自由な生命の息吹を吹き込めるようになった。

これがもし逆だったら……ということは、もしこれがギリシア語からヘブライ語に直すという作業だったら、私には不可能だったろう。しかし私はヘブライ語の意味と魂を理解することはできるから、後は、日常使い馴れたギリシア語に置き換えることはたやすいように、初めはみえたのだ。しかしやり始めてみると……後はくどくどと言わなくても察して頂けるだろうが……それは実に途方もなく、むずかしい作業であった。

私は毎日一定の量を訳すようにしているのだが、それ以上に捗《はかど》ることもあるし、結果的には一行も進まないこともある。ひどい日には、前日訳した所を全部削ることもあるし、それを補うように、二日分、三日分を一気に進められる日もあった。こういう「慰めの日」がなければ、私は作業を続けられなかったろう。

私は心ならずも翻訳に精根を傾けることになってしまった。しかしそれでもなお、一行一行に込められた祖父の思いを再現できるとはとうてい思えなかった。ほんとうのことを言うと、私はこのような仕事を引き受けたことを、何度か後悔し、或る日の如きは、途中で筆を投げ出そうかとさえ思ったくらいだ。人生には自分の体力や才能の限界を知って方向転換をした人もたくさんいるのだから、私だけが挫折の汚名を着ることもないだろう、と思った。

しかしやり始めたことはやり続ける、という習性は、我々同胞の血の中にある。

それで私は「訳者の序」の部分でこう書いた。

「したがって好意を持って注意深く、本書を読んでくださるように、あなた方にお願いする。翻訳に当たっては精根を傾けたが、それでもなお、不適当と思われる訳語があるとお考えになるならば、これを大目に見て頂きたい。もともとヘブライ語で書かれたものを他国語に移し換えると、同じような迫力を持たなくなるからである。さらに本書ばかりでなく、律法そのものも、諸預言書も、残りの他の書も、原語で表現されたものと、少なからず異なってしまう。

これを私の言い訳と受け取る人がいても仕方がない。これが私の実感である」

今日私がしたことは、三週間も前に訳した部分を、もう一度見直すことだった。その時もその直後も、それでいいと思っていたのに、しばらくすると気になり出すのである。

問題は第一章の九節、『知恵の書』のまだ初めの部分である。

「主ご自身が知恵を創造し、
これを見、これを計り、
これをすべての業《わざ》の上にお注ぎになった。
主はその賜物に応じて、すべての人に知恵を与え、
主を愛する者に、これを惜しみなくお与えになった」

心に引っかかったのは、二行目の「これを計り」という文言である。昨夜、星の下で寝に就いた時、私はこの言葉が、前に訳したのではいけない、と思い始めた。「計り」とは言うがそれは単に計量する、というようなものではない。祖父ヨシュアは神の知恵という言葉を掌中の玉のように大切にする。だから私も祖父の選んだ言葉一つの訳語に苦しんで当然なのだ。私は「計り」の訳語を「エクスアリスメオー」という語に換えるべきではないか、と思い始めたのだ。この言葉は、ギリシア人たちの一つの叡知《えいち》、一つの真摯《しんし》な態度のこめられたものである。すなわち物を「数え上げる」だけでなく「つきとめる」「きわめる」という意味にまで到達する。また「金を払う用意をする」という現実的な意味も合わせ持つ。現実的であり、哲

学的である。深く、深く、到達したいとする生き生きとした欲求がこめられている。

もっとも語というものは、そのもの自体では、別に善でも悪でもない。ギリシア人にはそのことがわかっていない。言葉だけで脅えることもないし、言葉だけで酔うこともない。それに、問題は一つ解決すれば、また次のが起こる。それが人生というものだ。しかしとにかく、私はこうして朝の風の中で、差し当たって一つの問題を解決したのである。一日の仕事としては小さいながらすばらしいことだ。


杉田幸次《こうじ》は、兄の四十九日の法要を済ますと、三浦半島のAという村で、今でも細々と小さな土地で農業を続けている母の家を出た。

「また来るよ。今日は、無理して休みをもらってきたんでね。うちは日曜日でも配送の方は交代で出るんだよ」

夕飯を食べて帰れ、という母の顔を玄関で見ないようにしながら幸次は言った。亡くなった兄の夫婦は、母の家の続きの土地に洋風の家を建てて住んでいた。長男なのだから、この地価の高い時代に、庭先に家を建てさせることを、誰も反対したわけではない。母の気持ちが傷ついたとすれば、兄は家を建てた後、突然ブロック塀を巡らして、隣に住まう母を心理的に締め出すようなことをした。母は塀のことなど全く聞いていなかったのでショックを受けた。

兄は秀才で、横浜の大学の経済学の教授であった。しかし神経質で、いつも眠れないと言ったり、身内が話しかけても返事をしなかったりした。ものを考えている時に、余計なことを言われたくないというのである。そんなわがままが世間で通るとも思えないと、幸次は思ったが、学者の生活というものを自分は知らないのだから、批判する資格もないように思って、その都度、黙っていたのであった。

家族は腫物《はれもの》に触るように兄に対していた。兄には息子が二人いたが、下の八歳の男の子まで、屋内で母親にものを喋《しゃべ》る時には父親の機嫌が悪くなるのを恐れて、囁《ささや》くような声しか出さなかった。兄は、眠たがる子供が自分より先に風呂に入ったというだけで、どなり散らし、睡眠薬を普段の倍飲んだりした。薬物に依存することは、つまりは気の弱い証拠だ、ということを自分で知っているから、自分が無視されると怒る癖に、妻子が自分に気兼ねをしているということを感じる度に、さらに自分に腹を立てて睡眠薬の量を殖やした

心臓で死んだということにはなっているが、実は長年の睡眠薬の連用で、体は以前からぼろぼろだったのである。妻がむりやりに薬を飲ませたのでもない。自然死でないとしても、過失か自殺であることは明白なのだから、家族の誰もが、死因を急性心不全と書いてくれた昔からのかかりつけの医師に感謝したのであった。村の誰も、一家の中に犯罪の気配を感じることはなかったと思うが、それでも解剖にでもなれば、体裁が悪いのである。

しかし、母は兄の死でがっくり気力を失ってしまった。

「兄ちゃんも、うちで百姓しとったらもっとのんきに長生きできたかもしらんかったのによ」

納骨の後、寺の境内を歩きながら、幸次は思わず母親に言ってしまった。言っても誰の慰めになるでもないことはわかっていたが、幸次は自分にわかったことは口にせずにはいられないたちだった。

「なまじっか秀才だったのが、いかんかったよな。俺みたいだったら、気楽に生きれたのに」

幸次は今までに幾つ、仕事を替えたかしれなかった。別に移り気な性格だとは思わない。しかし運は確実に悪かった。仕事に就いた会社は、必ず経営状態が悪くなったり、社長が死んだりしたのである。しかしそれでも不思議と次の仕事の口はあった。大して有能な働き手ではなくても、性格が陽気だから、誰かが便利に思って拾ってくれるのである。今は横浜のデパートの配送センターで働いているが、マンションを買うだけの金もないから、未だに六畳二間のアパート暮しである。

しかし幸次は自分の生活に少しもめげてはいなかった。その日その日がどうやら元気で楽しければいい、と幸次は思っている。子供の学校のこととか、将来、大学へ行く費用をどうしようとか、考えたこともない。当人が大学へ行きたがり、その能力があればやるように努力するが、無理ならそう申し渡すだけのことだ。それに頭が悪ければ、学問などしないで早く嫁に行くことなのだ。幸次は兄より早く結婚したので、娘たちはもう十五歳と十二歳になっていた。よく食べ、はやくも少し太り過ぎを気にしているが、幸次からみれば、体格のいい元気で姉妹喧嘩ばかりする娘たちなのである。

法事が楽しいものであるわけはないが、兄の交際の範囲はことに気づまりだった。けっこうな人数の人たちが来たが、兄にはほんとうの友達はなかったのではないかと思われた。幸次は隅っこの方に座って酒を飲みながら、一刻も早く引き上げたいと考えていた。

母親が、自分の畑で採れたキャベツとホウレンソウと水仙を持たせてくれたのを、こっそりという感じでもらって、客があらかた引き上げたのをしおに、一家は軽自動車に乗り込んだ。

「さあて、と」

車が走り出すと、幸次は解放感を覚えて言った。かなり酒を飲んだので、帰り道の運転はできなくなっていたのである。最近太ったので、黒い喪服の袖のあたりが窮屈そうになっている妻が運転を代わっていた。

「俺は兄貴が死んだこと、大して気の毒とは思ってないな。あんなに死にたがっていたんだから、思い通りになってよかったんだ。その人の好きなことをさしてやるのが、一番だよ」

「じゃお父さん、泥棒したいって言う人には泥棒させたらいいの？」

上の娘が言った。

「人に迷惑をかけちゃいかん。自分がこっそりできる範囲でなら何をしてもいい」

「じゃうちの中で、ピエロみたいなお化粧したり変な仮装したりしてずっと暮らしてもいいの？」

「つべこべくだらんこと言うな。仮装なんか、金がかかって大変だ」

しかし幸次は上機嫌で、娘たちとも一応常に「友好関係」を保っているのであった。

車が畑の間道を走る間、幸次は半分酔ったような目つきをしていたが、それでも、見るべきものはきちんと見ていたのだった。

「そこで止めろや！」

幸次は急に妻を制した。

「なあに、おしっこ？」

「いや、いい芹《せり》があった」

妻は少しも機敏にではなく、ずるずると車を止めた。

「その土手の下だ」

「どれが芹なのよ」

娘たちは野原に生えている芹を知らなかった。

「これだ、この地面に這《は》いつくばってるみたいなのが、芹さ」

「お父さん、それなら、もっと伸び伸びしたのが、あの材木の下に生えてるよ」

誰が捨てて行ったものかしらないが、廃材が数本並べて捨ててある陰に、まっすぐに二十センチくらいの丈に伸びた芹が、びっしりと生えていた。

「こっちの方が摘みいいよ」

「だめだ、だめだ」

幸次は娘と妻に言った。

「そういうのは香がよくねえんだよ。地面にへばりついたみたいなのが、うまいんだからな。おい、ビニールの袋、どっかから探して来いや」

幸次は妻に命令した。

「今晩は採り立ての芹でおひたしが食べられるぞ」

「お父さんは何でもよく知ってるね」

「そうさ。お父さんは秀才だからな」

「死んだ伯父さんとどっちが秀才?」

「もちろんお父さんに決まってるじゃないか」

「じゃ、大学の先生になればよかったのに」

「ばか、お父さんはもっと秀才だったから、いろんな職業に就けたんだ」

一家は夢中で道路脇の草むらに顔を埋めた。しばらくすると、近くから声があった。

「芹は摘めたかね」

通りがかりの土地の人らしい野良着姿の老女であった。

「ああ、いいのがあったよ」

幸次は顔見知りの相手に答えるように、悪気のない笑顔を見せた。

「あんたら、変わってるね。喪服で摘み草しに来たのかね」

「四十九日の法事の帰りだよ。法事の帰り、ってのは、何となく気分のいいもんだから」

「そら、そうだ」

「仏さんには悪いけどよ。生きてるってことはすばらしいもんな」

「そうだよ。命あってのもの種だよ。誰が死になさったんかね」

「兄貴」

「それはご愁傷さまだね」

「俺と違って秀才だったんだけどね。生きてるのが嫌だ嫌だって言い続けてた人だったからね。生きる才能がなかったのよ」

「お父さん！　お父さんの方が伯父さんより秀才だって、さっき言ったばっかじゃないか」

上の娘が言った。

「ばか、人間の言葉なんて適当に思いつきで喋るものなんだ。いちいちうるさく、文句を言うな」

幸次は娘に笑顔で言った。

「伯父さんは学校の成績はよかったけど、芹を見つけるなんてことは全くできなかったからね。父さんはかねがねほんとうは俺の方が秀才だって思ってたんだ。伯父さんは植物なんて桜と松しか知らなかったしさ」

「信じられない！」

娘は驚いた声を出した。

「菊も知らなかったかしら」

妻が尋ねた。

「知らなかったよ。菊のことをバラって言ったことがあるもの。俺、思わず兄貴の顔見ちゃったよ。言えば怒るから黙ってたけど。ほんとにわかってないんだ」

「じゃ、人はどうやって見分けるの？」

上の娘が尋ねた。

「おめえ、案外秀才だな。いい質問だよ」

父親は眼を細めた。

「伯父さんは、人が一人ひとり違うこともよくわかってなかったと思うよ。学問はわかってたけど、人はてんでわからなかった」

「大変だね。人がわからないと」

「菊とバラの違いがわからないなんてもんじゃないやね。もっとひどいこった」

父親は同意した。

通りがかりの老女は、幸次の言葉の最後の部分だけ耳に留めたようだった。

「ほんとだ、芹ともちぐさもわからない人がこの頃増えたんだよ。あんたたちなんかほんとに珍しい方だよ」

「喪服で摘み草するからか？」

幸次は笑った。笑いながら、胸の一部が締めつけられるように感じたのは、兄の魂が今どこにいるんだろう、と思ったからだった。自分は家族と芹を摘むだけで、こんなに楽しくなれるのに……どんなものを与えられても幸福になれなかった兄の魂の重さはどんなだったのだろう。

「おばあさん、ごちそうさま。村の芹採ってごめんなね」

「そこは市の土地だからね。私ゃ関係ないよ」

「でもごちそうさま、言わしてくれや」

「ありがと。よかったね」

「ああ、すごくよかった。いい法事だった」

幸次は、歩き出した老女に手を振った。それは傾きかかった夕陽の向こうにいる兄に、手を振っているようでもあった。

昼の満月

昨夜は満月で、よく眠れなかった。満月だということと、私が眠りを妨げられたこととの間には、はっきりした因果関係がある。隣に住む老人が、満月の晩になると、必ず気分が高揚するのか、夜通し起きて、声高に一人で天地に向かって語りかけるのである。

このアレキサンドリアの秋の満月の夜の澄み方は、全く寝るのを恐れるほどの華麗な光をもって私たちを包む、ということを私は否定しはしない。それはもう、心臓の内側まで月光が燦々《さんさん》と降るような激しい明るさで、そういう夜には、あらゆる霊が、月の光に乗って、跳梁跋扈《ばっこ》するのが、隣家の老人には見えるのであろう。

老人は、傍《はた》から見ると大声で独り言を言っているように見えるが、彼にすれば決して一人で喋っているつもりはないだろう。彼はもう大分以前に盲目となってからは、次第に人間とではなく、この大気に満ちているあらゆる霊と語るようになった。彼には満月の光も見えない。彼の年老いた妻は、夫は灯皿がどこに置かれているかさえもわかっていないという。まっ暗い部屋の中では、彼の妻は足元も覚束《おぼつか》ない。しかし老人は眼が見えない代わりに足は達者なので、干乾煉瓦《アドベ》の貧しい家全体が揺れるほどしっかりした足取りで、闇の中を歩くという。

彼は月光が一番多く降って来る夜のことを、眼ではなく、肌で感じるのだろう、と私は思う。そしてそのような夜になると、海を行く船がすべてこのアレキサンドリアの灯台の灯火を目当てにファロンの港に寄港するように、あらゆる霊が彼の身の廻りを、蜂のような羽音を立てて飛び回るのを感じるのであろう。

近隣の人々の多くは、彼の気が狂《ふ》れている、と思っている。しかし一部の長老に言わせると、彼はもともとは、建築現場の差配として大勢の配下を使っていた技術者だという。もっとも彼の下で働いていたのは、エジプト人である。彼の若い頃は、今よりもっと、建設工事があちこちで行われていて、そこで働く人足のほとんどがエジプト人の労働者であった。

しかし眼が見えなくなると、彼は仕事を失った。眼が悪くなったのは、彼がまだ若いうちから、濛々《もうもう》と埃の立つ現場ばかりにいて眼を傷つけたからだという人もいる。彼は職を失うと、それまでいた屋敷からも追い出され、下町の不潔な路地に面したさしかけの家にいたが、ひどく食い詰め、その日の食べ物にも事欠くようになった。彼が生きて来られたのは、まわりの人たちの喜捨のおかげだった。というのも、彼にはたった一人男の子がいたのだが、この子がまだ幼かったため働いて両親のために稼いで来ることができなかったのである。

それから、この一家には一時期、嘘のように金が入って来たことがあった。盲目になった彼が、時々意識を失い、気を取り戻すと、どこかその辺にいる霊と語ったり、独特の祈りを上げたりするようになったからである。そしてその予言や託宣が非常に良く当たる、というので、客が門前市をなし、その御布施で一家はかなりうるおったのである。しかしそれらはいずれも私がこの国へ来るずっと前の話だ。

今日も私は日課になっている祖父のヘブライ語の本のギリシア語訳を始めた。その仕事を始めるやいなや、朝方いっとき落ちついていた隣家の老人の歌うような叫び声が始まったので、ああ今夜もまだ月は丸いのだ、と思った。人は月のことなど、夜にならなければ気がつかないのだが、狂的な人には偉大な感覚があるものだ。

翻訳という仕事は、毎日毎日、違う感情の流れの中で作業を進めることになる。時にはたった一つの言葉に引っかかってしまって、全く先に行かないうちに太陽はじりじりと昇ってもはや暑さが耐えがたくなると、私は、なあに今日という日の次には明日という日があるさ。明日という日は、今日よりもっと偉大なものになるだろう、と自分を慰めて昼寝に行ってしまったりするのだが（何しろ私は日の出と共に起きるのだから、もうその頃にはかなり働いて、一休みしてもいいような気分にもなっているのだ）、そのような私の心の奥を全く知らない妻は、私が一日にほんの少ししか働かない怠け者だ、と言って、大声で罵《ののし》るのである。彼女は激昂に駆られると、私の旧悪をすべて遠い昔、まだエルサレムでお互いに従兄妹《いとこ》同士として意識していた時代からの私の欠点まで大声でわめき立てるのだから、それが隣家の老人の独り言といっしょにでもなろうものなら、煩わしいことこの上ない。

初めは、夫婦喧嘩は私の家の内情を覗《のぞ》き見する絶好のチャンスとばかり聞き耳を立てていた人もいたろうが、毎度毎度同じことを喚《わめ》いているのでは、もはや誰も聞こうとはしない。それもこと私に関することだけなら、私は何を言われようと黙っているのだが、妻が時には私の偉大な祖父ヨシュア、『ベン・シラの知恵』の作者の悪口まで言うことがあるので、私もついかっとなって怒鳴ることがある。

偉大なる祖父は書いた。

「聞くに速く、
熟慮して答えよ」

と。

「熟慮して」に当たる言葉としては、私は、適切なギリシア語を選ぶことができる。「マクロスューミア」という語である。これは、容易には怒らない、忍耐強い、気長な、とでも言うべき態度を意味する。しかし現実の私は、とてもそうはなれない。だが、皮肉なものだ。妻の怒鳴り声を恐れるからこそ、私は血の通った翻訳の言葉を掬《すく》い取ることが可能になるというものだ。

しかし何が、その日の翻訳を滑らかに行かせるか、と言われると、私には適切な答えが思い浮かばない。しいて言えば、全く思いもかけないような偶然か、心の高揚かが、すらすらと私に適切な言葉を選ばせてくれるとでも言うほかはないだろう。

老人が昼日中から、そこら辺に充満した霊と語り始めた「満月の昼」に、私がぶつかっていた翻訳の個所は、次のようなところであった。

「子よ、年老いた父の世話をせよ。

その余生を悲しませるな。

たとえ、父の知力が衰えても、これを大目に見よ」

私は自然に、隣家の喚き声を聞きながら、その声の主の老人のことを思い浮かべていた。彼をその高齢の故に「衰えた」と見るべきかどうか私には判断がつかない。と言うのも、多くの人は、彼を既に思慮を失った者と見ているが、中には今でも彼が霊と語る言葉を信じる者がいて、彼の所に、さまざまな頼みごとをもってやって来たからである。

依頼人の多くは、先行きどうなるだろう、ということを聞きに来るのだが、ほとんどは、強欲からやって来るのだ。つまりどういうふうにすれば、あの女をものにできるかとか、金が儲かるだろうか、とかいうことである。中には全く不愉快な客もいる。つまり使っている多くの侍女のうちのどの女が、自分の宝石を盗んだか教えてくれ、と聞きに来た自称資産家の夫人などもいたらしい。しかし哀れな女もいる。いなくなった子供がどこにいるか教えてもらいたくて、なけなしの金を握ってやって来たのだ。子供は多分とっくの昔に売られてしまっているだろう。心配のあまり食事も取れなくなった母親は、子供がいなくなってもう四度も月が満ち欠けしたというのに、まだ子供は、どこかの路地に蹲《うずくま》っているか、ロバに乗って帰って来ると信じていて、その路地の場所やロバの所有者の名前を聞き出そうとしてやって来るのである。

霊に憑《つ》かれた老人のボロ家は、道から少し高い所にあるが、私は依頼人が家から出て来るところにしばしば行き合わせる。富裕であることを見せびらかしたい人は太った体を反《そ》らして石段を降りて来るが、子供を失った女は、背を曲げうなだれて転びそうになってやって来る。

一時、彼の託宣は非常によく当たり、有力な政治家や商人たちが引きも切らず訪れていたこともあったというが、今はそうではない、という噂がもっぱらだ。昔の彼は、ほんとうに立派な霊と澄んだ状態で会うことができた。だから、占いも当たったのだという。しかし今の彼は、そういう能力も衰え、霊としても小者だったり、中にはいんちきくさいものもあったりして、予言はほとんど当たらないのだという。

それで今彼の所へやって来る人たちは、金持ちそうに見えても、実はたくさんの謝礼は払えない懐具合だったり、ほんとうに無知な上、襲って来た不幸に思慮を失って、藁《わら》をも摑《つか》む思いになった人たちばかりというわけだ。

しかし父親が気がおかしいのではないか、と言うと、一番に怒るのは、彼の息子である。彼は父も母も、うんと年を取ってから生まれたので今年やっと十七歳になる。彼は誰かが父親の悪口を言うと真剣になって否定する。時には拳で立ち向かったりする。それがまた小柄でひ弱なものだから、誰にでも難なくいなされてしまうのが哀れである。

しかしそのような隣人の息子がいるおかげで、私は偉大なる祖父ヨシュアが、誰でも知力の衰えた高齢の父に対しては「大目に見よ」と命じた言葉の体温までを伝えて訳することができたのである。

それは「シュッグノーメー」というギリシア語でしか表せない。シュッグノーメーは「思いを一つにする」という人間にだけ許されている魂の操作を示す麗しい言葉だ。


岡本光太郎は、古い家の玄関を入る時、いつも一つの恐怖が心を過《よぎ》るのであった。

本来なら、人は家へ辿《たど》り着けば、ほっとするものなのだ。それなのに、光太郎は毎日、今日はどんな問題が起きているだろうか、と思いながら心を強張らせて玄関のベルを鳴らす。どんなに不愉快な話を聞かされても、できるだけ表情に出さないでいるには、それなりに構える必要があった。

岡本には、八十二歳になる父がいた。母が二年前に、七十八歳で亡くなってからは、老父の世話は当然のように岡本夫婦の手に残されたのである。

亡くなる直前に母が言ったことが、光太郎の耳に今でも残っている。

「お父さんの世話するくらいなら、もう死んだ方がいいよ」

それが恋愛結婚でいっしょになったという夫婦の末路なのである。

父は七十八歳の時に、直腸癌の手術を受けた。下血がひどくなるまで、痔《じ》だと言ってきかなかったのである。人工肛門をつけて手術はうまく行ったという話だったのに、病院にいるうちから、呆《ぼ》けが始まった。

父は憲法の専門家で、その世界では名前の知れた学者である。それが突然、自分の居場所もわからなくなったのである。いくら病院だと言って聞かせても、五分後には、

「三時からは教授会があるだろう」

などと言い出す。

しかし認識の混乱よりも、家族が疲れ果てたのは、父が自分の人工肛門を全く理解しなかったことであった。まだ七十代なら、自分で糞便の始末もできるようになるはずである。しかしそれどころか、父は自分の腹壁に造られた人工肛門を見て不思議そうに
「おできができている」と言ったのである。

確かにそこには、おできと見紛うばかりの奇妙なものがあった。形容がむずかしいが、

タラコの先端のようなものが、腹壁から飛び出ているのである。

しかし地獄が始まったのは、父が退院して来てからであった。父は腹帯に手を入れて、当ててある袋をむしりとり、便を摑み出すようになったのである。わざとするわけではない。奇妙なものがついているから、それをむしってみようとするだけなのである。しかも不潔だという自覚がないから、人の見ていないすきに、その便を摑み出して着物になすったり、布団で拭いたりする。

毎日がその繰り返しであった。母が、死んだ方がいい、と言ったのはその頃である。あんたの夫のことじゃないか、と光太郎は口に出して言ったこともある。母は黙っていた。その答えが或る日「死んだ方がいい」ということだったのである。そしてもちろん意図的にではないが、母は死んでその任務から逃れたのであった。無責任なものだ、と光太郎は思うことがある。しかし死と引き換えにこの運命から逃れさせてください、と言われたのだとすると、何とも言えない。

父は母の死もよくわからなかった。

「今日は、ツネはどこへ行った？」

と父は或る日、思いついたように聞く。

「母さんは死んじゃったじゃないか」

「そんなことは知らされてないな」

父は言った。光太郎は父の顔をじっと見ていた。配偶者が死んだということは大変なショックのはずだから、それで父が落ち込んで死ねば、それで自分も楽になる、という残酷な計算がちらと頭を掠《かす》めたような気がして、軽い吐き気を覚えそうになっていた。

「知らせてないだって？　父さんは告別式の時この部屋でお経を聞いたじゃないか。出棺の時には門のとこで皆にありがとうございました、って挨拶までしたじゃないか」

ほんとうに雲の晴れ間のようにその日だけ父は冷静さを取り戻し、かなり言葉少なではあったが、むしろ大勢に囲まれて賑やかなのが嬉しいらしくにこにこしていた。そして出棺の時には喪主らしく会葬の礼の挨拶も述べたのであった。

光太郎にそう言われると、父はむっと黙り、妻の美代子は、

「そんなことは言わないで、お母さんはさっき、病院へ出掛けたじゃないか、って言っておいてあげればいいじゃないの」

と小声で言う。父は耳もかなり遠くなっていたのであった。妻と自分と、どちらが父に対して親切なのか、と光太郎は思う。しかし毎日看護に当たっている妻の方が父の心理をよく知っているらしく、父はそうして光太郎と軽いいさかいめいたことのあげくに妻の死を知らされても、全くその事実が定着しないのであった。父は少しもショックを受けなかった。寂しがるでもなく、不安を覚えるでもなかった。妻の死は一分後には忘れているらしかった。

その日も、光太郎は重い思いで自宅の玄関を入った。酒が飲めないたちだから、途中でいっぱいやって来るという口実もない。勤めているのは、法律関係の出版物だけを出

している地味な出版社である。家に帰るのは気が重いなどとは口に出して言えないことであった。週に一日通って来るホーム・ヘルパーの女性が来る日以外は、妻はその気の重い家に、ずっと縛りつけられて、賽《さい》の河原のように出る洗濯物の始末をしているのであった。

「お帰りなさい」

と妻はちょっと笑顔を見せた。笑顔の理由はよくわかる。「私だって少しはまともな人と話したいわ」と妻が言ったことがある。

「今日はどうだった」

それが毎日毎日同じ夫婦の会話だった。

「まあね。寝巻は三枚」

〈洗濯機と乾燥機がない時代だったら、どうなってたかしらね〉と妻は言い、光太郎は、〈そんな時代だったらもうとっくに病人は死んでたさ〉と返事にもならない返事をしていた。

「ねえ、あなたに聞きたいんだけど、このうち臭いと思う時ある？」

妻は尋ねた。

「いや別に」

嘘ではないが、光太郎は昔、蓄膿症を繰り返した結果か、臭覚に関しては鈍感だという自覚があった。

「今日、光春が、お祖父ちゃんのおかげで家の中が臭くて友達も呼べないから、下宿させてくれ、って言うのよ」

「ばかを言え」

光春は夫婦のひとり息子で、今、大学の受験準備中であった。

「母親がこんなに苦労してるんじゃないか、手伝って当たり前なのに、受験だから見逃してもらってる。それを臭いの、下宿をするのとは何だ」

光太郎は不機嫌になった。

食事は父もいっしょにする。食卓の端に座らせ、その左右が夫婦の席と決まっていた。主に美代子が食べさせたが、時には光太郎が手助けをする時もある。病人に食事をさせるという仕事を独立して考えると、それだけでまた美代子の負担になるからだ。

幸い、父の食べ方はひどく遅いから、夫婦は自分が食べる片手間に父の口にものを入れてやれば済む。しかし一家団欒《だんらん》の空気とは、およそほど遠いものであった。父は始終、ぎこちない手で、お茶の茶碗をひっくり返した。喉の筋肉も麻痺して来たのか、お茶で流し込むようにしなければ、うまく食べられないのである。そうでなくても涎《よだれ》を流し、時には咳《せ》き込んで、まだ手をつけてない家族のための料理の大皿の中にまで、口の中のものを吐き散らした。皿はできるだけ父から遠くに置くようにしてはいるのだが、それでもそこまで飛び散ることがあるのである。というより、呆けた顔をしながら、父はわざと復讐のために、大皿の距離まで口の中のものを噴き出すようにしているのではないか、とさえ思えるほどだった。

「光ちゃん、ご飯よ」

二階の息子に向かって妻がいつものように声をかけている。下りて来た息子は一人できるだけ離れて座り、自分の分のおかずをいち早く取り分けて、祖父から遠い距離に確保しておくようになっていた。

光春は一言も喋らなかった。話をしろと言う元気もなく、光太郎も息子がそこにいないかのように無視していた。しかしいないよりいる方がずっと不愉快だった。

しかしその日、老人はおとなしく食事を続けた。咳き込みもせず、茶碗をひっくり返すこともしなかった。しかし飯だけはぼろぼろこぼした。スプーンをあてがって、できるだけ自分で食べるように仕向けているのだが、そのスプーンを口にではなく、頰の所に持っていくからだった。

すべてはいつもの光景だった。だから光太郎が父の頰についた飯粒を取って、それを自分が食べたのもはっきりと意識してのことではなかった。

「よせよ。汚えじゃないか」

突然光春が言った。十七歳の息子がその日食事の席で発したそれがたった一つの言葉だった。父はきょとんとした顔で孫の方を見ていた。

「汚いとは何だ」

光太郎はいきり立った。そして自分でも抑えられない激情に駆られて、息子の頰をひっぱたいた。光春は箸《はし》を放り出して立ち上がり二階へ駆け上がった。

気まずい沈黙が流れた。普段、光太郎は暴力に訴えて何かをしようと思ったことはなかった。だから、自分でも自分のしたことに戸惑っていた。

美代子は黙って立ち上がると、息子の箸を拾った。それから落ちた箸で汚れた床を拭くための雑巾を取りに立った。それから二階へ上がって行った。

彼女はしばらく帰って来なかった。光太郎は怒りにふるえていたが、それは自分と父とその双方に向けられていたので、感情の処理がうまくいかなかった。やがて妻が下りて来るまでの間に、光太郎は父におかずをやらず、白い飯だけをスプーンに取ってやり続けていた。

「俺だって、親父の唾のついたものなんか汚いと思う。今日のはほっぺたについてたから食べた。しかし汚い、って言ったら終わりじゃないか。その程度の思いやりがなくて、大学へ行ったって、ろくな人間にはならん」

「光春は今階上《うえ》で泣いたのよ」

「そんなに強く殴っちゃいない」

それがピントはずれの答えだということを光太郎は知っていたが、そう言った。

「泣いたからいいのよ。自分が残酷なことがわかってるから泣いたのよ」

光太郎はまだ無言だった。父は夫婦を虚《うつ》ろに見ながら、黙々と続けて白い飯だけを口に運んでいた。

菊を作る男

今朝方、私が仕事を始めると、ゼノンという男が来て、庭の瓢簞《ひょうたん》の棚の陰にひっそりと座っていた。鶏が騒いで駆けまわらなかったら、私は彼が来たことさえ気がつかなかったかもしれない。

彼は時々そんなふうにして風のようにやって来る。ゼノンは、プロセウケーと呼ばれる我々ユダヤ人社会の礼拝所の一つの管理を任されている男である。プロセウケーのことをエルサレムの人たちはシナゴーグと言う。今でもエルサレムのユダヤ人は、私たちが安息日《シャバット》ごとに、プロセウケーに行って祈るというと少し不快そうな顔をする。ギリシア風にシナゴーグを呼ぶこと自体、不謹慎に思えるのだ。そしてついでに、なぜユダヤ人の癖にゼノンなどというギリシア風の名前を持っているか、という顔もするのだが、ここ、アレキサンドリアのユダヤ人社会では、ギリシア風の名前など、いくらでもいる。アポロニウスもいればアルテミドスもいる。デメトリオスもディオニュソスもいる。しかし……理解してもらえるだろう。そういう名前だからといって別に彼らが、それらの神々に魂まで捧げたというわけではないのだ。

風が吹いたからといって仕事をやめる者はいないと同様、私もゼノンが来たことを知りながら、偉大なる祖父の著作である『ベン・シラの知恵』のギリシア語訳を、今日も一日にこれだけはする、と決めた個所までは進めたのである。

今日のところは、かなり実際的な教訓を含んだ部分である。「正しい振る舞い」について、祖父は次のような思想の持主であった。

「時をよくうかがえ。悪から身を守り、
自らを恥じるな。
罪をもたらす恥じらいもあり、
誉れと尊敬をもたらす恥じらいもあるから。
自分の害となるえこひいきをするな。
滅びをもたらす恥を忍ぶな。
必要な時には沈黙を守るな。
知恵は語ることによって知られ、
教養は言葉遣いによって知られる。

真理に逆らって論じるな。

むしろ、自分の無知を知れ。

罪を告白するのを恥じるな。

川の流れにあえて逆らうな。

愚か者に屈するな。

権力者の顔色をうかがうな。

死に至るまで真理のために戦え」

私はここまで祖父の複雑な人生観を胸いっぱいに感じながら、一気に訳し終え、筆記用具をしまい、ゼノンの隣の椅子に移った。

「何かあったのかね」

「昨日、ギリシア人たちが、また暴れて、息子の友達とぶつかった」

「怪我《けが》をしたのかね」

私は尋ねた。

「一人が眼をつぶされた。他の三人は、大したことはなくて済んだ。息子が止めに入った時はもう遅かったそうだ」

ゼノン自身はプトレマイオス一世のエルサレム占領の時、捕虜としてエジプトへ連れて来られたユダヤ人捕虜の子孫である。しかし彼の優秀な息子はギュムナシオンで学び、ホメロスや古典詩文を諳《そら》んじている。アレキサンドリアで市民権を得るためには、ギュムナシオンを卒業することが必須条件だ。しかも彼は優秀な成績で出たのだ。それでもギリシア人のふざけた若者たちは、ばかの一つ覚えのような差別的な言葉を投げつける。つまり我々は「バルバロイ」、異国の言葉を話す奴隷に準じた人種だと言うのだ。

何をもって我々ユダヤ人が、教養を欠き、残忍で卑怯で信用がおけないというのか、考えてもわからないだろう。我々ほど、学ぶことを尊び、本を大切にする民族も、他にはそうそう見当たらないというのに。またどちらが獣的であるというのか。獣的だと言うなら、それこそ、享楽的なギリシア人の方だということは火を見るより明らかではないか。

人を侮辱する心情というものは、必ずと言っていいほど弱い性格に起因している。つまり自分に引け目があるから威張るのだ。相手をばかにして見せでもしなければ、自分の存在が実は稀薄なのを知っているのである。この力学的原理は、昔から今まで少しも変わらない。例の偏見でがちがちに凝り固まったポリュビオスが書いているのだが、全アエトリア会議で、マケドニアの王フィリッポスの派遣代表団が「バルバロイと全ギリシア人の間には、永遠の戦いが存在しており、また、今後も続くだろう。その不変の本性故に、彼らは敵なのだ」と言ったという。その言葉は彼らの不安を表しているものとも言えるのだ。つまりギリシア人という奴らは、ほんとうはまわりのすべてに恐怖を抱いているのだ。

しかし困ったことに、小競合いは始終だ。それもおろかしい戦いだ。そしてその接点にいるのはいつも若者たちで、彼らが散らされた火花で火傷《やけど》を負う。

思うに、我々がこのアレキサンドリアにおいても、ギリシア人やエジプト人たちと居住区を分け、ほとんど通婚をしないということは、叡智というものにほかならない。それこそ、無用な摩擦を避ける一つの具体的な方法だ。エジプト人たちはかつてはラコティスの村があったという南部のセラペウム周辺に住み、我々はデルタ地帯に住む。少し離れて住めば、それだけでいさかいはぐっと減る。

ゼノンが来た時に私が訳していた部分も、実はユダヤ的発想とギリシア的な思考とが大きく分かれるところだ。私は時々この二つの断層にはまり込み、身動きができなくなることもあるが、時には思いのほか軽く、その意識の亀裂を飛び越えられて、異様な快感を覚える日さえある。

いつかゼノンと私が話し合ったことは、ギリシア人の思考とユダヤ人的思惟《しい》の中における時間と空間の問題であった。今さら説明しなくても、ユダヤ人は事物を時間的に捉え、ギリシア人は空間的に捉える、ということは、もう誰でも気がついていることだ。

ギリシア人は、過去、現在、未来、というような平板な捉え方をするが、我々ユダヤ人にとっては、ほんとうは時間は預言者的な発想から来る「今」に集約されている。我々はしばしば「来《きた》るべきもの」という言い方をして来たが、それさえもギリシア人たちが言う遠い未来のことではなく、既に現在我々の目の前に神の恩寵《おんちょう》としてほの見えている世界である。なぜなら、預言者というものは常に神の立場から見るから、そこにはギリシア人たちの想像もできないような時間の観念の聖なる変質が起きているのだ。

ゼノンと私はいつか、ギリシア語の「コスモス（宇宙）」という言葉が、我々ユダヤ人のヘブライ語では何に当たるかを議論したことがある。ゼノンはそれは「ハッシャーマイム・ヴェハーアーレツ（天と地）」だと即座に言った。私はその時ゼノンの闊達な思考の飛躍に深い尊敬を覚えたものだ。それは逐語訳ではないが、言いえて妙に、その意味するところを衝いている。「天と地」と言っても、我々はそこに天地創造の根源を観ているのだから、それは時間的な把握なのである。

それは他の言葉でも同じだ。

ヘブライ語の「永遠」は「オーラーム」だが、これは「覆う」とか「隠す」とかいう意味の「アーラーム」から出ている。ゼノンはこの言葉を最近実感としてわかるようになった、と言ったことがある。年のせいで眼が白く濁って来たのである。だから、道の遠くにあるものが、はっきり見えなくなってしまった。時間にもそんな遠いものがある、とゼノンは言った。しかしギリシア人の考えからすると、その感覚は、「アペイローン（無限定）」という表現になる。だから「ホ・アペイローン」と言えば、「限りなく存在する者」だ。そしてそれは時間の差ではなく、あらゆる端の端のまたその端までの空間に遍在している方を指すことになる。

　祖父はここで「言葉」についても語った。祖父はそれを「ダーバール」という単語で表している。これもまた奥の深い言葉だ。「ダーバール」は「後ろから、前に出す」という意味を内包しているから、「背後にあるものを前に駆り立てる」ということだ。故にそれは行為と同一の観念なのである。我々にとって言葉だけで行為を伴わないものは、その本来の意味を持たない。言葉はユダヤ人にとっては実在そのものである。

　しかしギリシア人の「言葉（ロゴス）」はいささか違う。それは「レゴー（語る）」という表現から出ている。レゴーという同じ音の言葉には他に「集める」という意味があるが、人は集まるから語るのだ、という人もいる。

　祖父はここで語っている。時の権力者に媚《こ》びへつらったり卑下したりせず、他人の顔色を窺うことなく、発言が事態を正常にする可能性がある時には、言葉を控えてはならない。自分が間違ったと思ったら、皆の前で堂々とそれを言え。愚か者にも、権力者にも屈してはならない。そして死に至るまで真理のために戦え、というのだ。


坂本保は、母親の住む老人ホームのある村の郵便局前でバスを降りると、リュックを背負って少し登り道になっている坂を登って行った。

母はまだ隠居をするには若い六十二歳である。保のよく行くスーパーには、母と同じくらいの年のレジのおばさんがいるので、保は或る時、聞いてみたことがあった。

「女の人に年を聞いちゃいけない、ってことは知ってるんですけど」

保は口ごもった。

「お幾つか年を聞いていいですか？　僕の母と近いお年だと思うけど、身のこなしもきびきびしておられるから、お年を伺いたくなったんです」

「年を聞いてどこが悪いかしらね」

相手は肉づきのいい頰をむっちりとほころばせて言った。

「女が年を隠してて男女同権なんて言ってるのおかしいわよ。私ゃ、六十三ですよ」

「母よりむしろ年上なんだ。でも若く見えるなあ」

「お宅のお母さん、不自由ないからじゃないの？　私なんか働かなかったら食ってけないんだから。だから迷うことない顔してるでしょう、私」

それから相手は金歯が少し光る口を開けてあははと笑った。

保はほんとうは次男だったが、長男は九州にいるので、ホームに入れた母を訪ねるのは保の役目になっていた。

バス停から、ホームまではゆるやかな坂を十分ほど登ればいい。そのすぐ隣の町に母の実の姉が住んでいることが、母がここを選んだ唯一の理由だった。母は植物にたとえれば、木ではなく、蔦《つた》のように何かに絡まって生きる性格だった。父が生きているうちは父に絡まり、死んだ後の数年は長男夫婦に絡まって愛想を尽かされた。「死んでやる」の騒ぎの後で、ここへ入ることになると、初めは「どうせ捨てられた身だから」とか「こんな狭い部屋で暮らせ、って言うつもりなの？」とか「お父さんの残した金をこれで全部使ってしまうから、あんたたちには行かないよ」とか、かなり興奮して毒づいていたが、幸いなことに、この頃はやっと落ちついて「住めば都だね」とありきたりの科白《せりふ》で納得するようになった。

遠くからホームの門が見える場所に来ると、保は遠くに二、三人の老人たちが立話をしているのを見かけたが、果たしてその中の一人は母であった。他の二人は、母が保に気がついて手を挙げると、遠慮してかそのまま離れてホームに入って行ってしまった。

「虫が知らせたのよね。今日あたりきっと保ちゃんが来てくれると思って、何となく待ってたの」

虫の知らせというほどのことはないだろう。サラリーマンなのだから、出て来られるのは、月の前半の土曜日が多いのだし、乗ってくる列車もそれに接続したバスも、大体同じ時間になる。

母の部屋には来る度にものが多くなっていた。母の部屋なのだから、どう住もうと勝手なのだが、垂れ流しのようにくだらないものを買って来る癖がどうしても治らない。予備のトイレット・ペーパーを置く兎の台とか、老眼鏡をかけて置く木の恰好をした置物とか、きれいだから捨てると勿体ない箱とか、亡くなった人の形見だという揺り椅子とかがいつのまにか増えている。六畳の部屋に、洋服箪笥と整理箪笥とテレビと一年中片づけたことのない炬燵《こたつ》を置けば、それだけでも狭い上にさらに茶道具を載せる台やら、そのまた予備の台やら、さらにその予備の小引出しやらを放置する。それだけでなく、「これ、何かをちょっと入れておくのに便利でしょう」と言ってこまごまとした箱や棚やバスケットや不必要な陶器などを農協のスーパーの外に日替わりで売店を出す安物売りの業者から買う。もう老い先も長くないのだから身の廻りを軽くして、部屋の中には何もないようにしておいたらどんなものだろうと思うのだが、母の耳には入らない。

母の部屋は一階だった。まともに対応していると腹も立つので、保はカーテンを開けて外を眺めた。そこは入居者の中で希望する人に貸しているらしい花壇と畑になっている。花を作る人や野菜を植えている人などさまざまだった。

一番近い所で一人の老人が菊の世話をしていた。

「あの人、花作りうまそうだね」

距離としてはそう離れていないのだが、アルミ・サッシはしっかり閉まっているから、室内の会話が聞こえることはない。

「そう。あの人、遠藤さんていうんだけど、ほとんど一日畑の世話してるの。菊を作らせてごらんなさい。そりゃうまいんだから。嵯峨菊なんて、気難しい菊なんだそうだけど、それを別なとこでも作ってるのよ。時々、私が声かけてあげると喜んでるんだけど、あんまり親密になると、また人の口が煩《うるさ》いでしょう」

保は黙っていた。

「あの人、学校に勤めて教頭先生までした人なんだって。だからここの俳句を作る人たちの会でも、ずいぶん枯れたいい味のある俳句作るの」

「ふーん」

「『菊切りて年月もはや滅びけり』っていい句だと思わない？」

「そうかな」

「それで、私もその会に入ったんだけどね。五、七、五に並べればいいって言うけど、むずかしいもんだね。言葉がちっとも出て来やしない。こないだ『茄子《なす》を煮すぎて困ってる』というとこまではできたんだけど、上の句がまだ出て来ないの」

「何だっていいんじゃないの。『古鍋や茄子を煮すぎて困りはて』でいいんでしょうが。素人なんだから」

保はうんざりしながら口から出任せに言い、外の菊を作る男が向こうを向いている隙にカーテンを閉めた。

「それはいいわ。保ちゃんは才能あるわね。それでもう出来上がりだわ」

玄米茶を入れてくれてから、母はまだその続きの話をした。

「あの遠藤さんて人ね、初めは、どういう人かわからなかったのよ。でもこの中にいる山田さんっていう人の従弟《いとこ》に、一時遠藤さんの同僚だった、って人がいて、その人が訪ねて来る度に遠藤さんのこと話すんだって。それを山田さんが教えてくれるし、遠藤さんは、私だけには自分からぽつぽつ喋るようになったの、私聞き出し上手だから」

そうかね、かあさんは喋り上手で、人の噂話が大好きなだけなんじゃないの？　と保は言いたい思いだった。

「あんなに無口な人が信じられないけど、若い時は、先に立って組合運動なんか激しくやっていたんだって。だけど同僚の人に言わせると、片方では、校長先生に取り入るようなこともするし、いざとなると、誰にも反対しないし、誰かを庇《かば》うことも全然しない人だから、人望がなくて、友達もなかったんだって」

「サラリーマンの鑑《かがみ》じゃないか」

保は皮肉に言ったが、その不真面目な真意が母に伝わることは期待できなかった。

「そのうちに遠藤さんは、身分不相応な家を建てたんだって。奥さんが強く望んだんだ、ってことになってるけど、どうしてそんなお金あるんだろう、っていうのが、皆の疑問だったらしいのよ。アメリカの富豪の叔父さんが、莫大な遺産でも残して死んでくれたんじゃないかしら、って人が噂してたら、間もなく遠藤さんの奥さんが、酒場で働いているのを見た人が出たのよ。それも、ずいぶん飲んでぐでんぐでんになって、お客にしなだれかかるみたいな変なホステスだったらしいよ。

そうなる前に、心配して遠藤さんに注意してあげた人もいたらしいけど、遠藤さんて、穏やかな人で、決して人に強いことも言えないし、決断力もないんだって。だから当然、奥さんにも、酒場に出るのはやめろ、なんて言えなかったんでしょうよ。そういう時には、家なんか売り飛ばして、女房を張り倒してでも、そんな場所に出入りさせないようにするべきなんだろうけど、遠藤さんはそれをしなかったのよ。

生徒にだって何か注意するとすぐ後で、『これは先生の意見じゃなくて、学校の方針だからね』って念を押すんで有名になってね。『方針先生』ってあだ名があったそうよ」

「子供だって中学くらいになれば、先生が自分の情熱でそう言ってるか、責任回避してるだけかくらいのことはわかるんだよ。

自分の子供はいないの？」

「息子さんが一人いるらしいけど、その息子さんとも音信が途絶えちゃってるらしいのね。あんな静かな性格で、菊作るの見てたって丁寧で優しい人だってわかるのに、何だって息子まで父親を捨てなきゃならなかったんだろう」

「菊は人間よりもっとエゴイストだからな。自分とかかわる人間がどんな性格だろうと構わないんだ。だけど、人間はそう行かないからね」

その時、まるでこちらの声が聞こえたように、菊作りのうまい男は、保たちの部屋の方角に視線を向けた。昼間カーテンを引いてあれば、戸外から中は全く見えないはずだった。しかし男の眼は確実に保の視線と出会い、誰も信じず、誰にも犯されまいとする冷やかな小心さで、保をなじるように見つめた。

コーヒー配達人の孫

ここアレキサンドリアのユダヤ人たちにとっては、プロセウケー、つまりシナゴーグは魂の中心なのだが、その礼拝所の管理責任者のゼノンは必ずしも魂の中心にいて心に平安を抱いているとは言えないようである。

というのも、プロセウケーは我々が日常使うギリシア語の本来の意味が示すように、祈りの場所であると同時に(プロセウケーとはまさに〝祈り〟ということなのだ)、どうしても世俗の情念の渦巻く場となる。プロセウケーでの人々の話題と言ったら、およそ祈りとは縁遠いものがほとんどだろう。某高官のサイド・ビジネスとしての隊商が、ここアレキサンドリアからガザ、ガザからシドン、シドンからヨルダンの対岸に至るまでに、どれだけ儲《もう》けたか。悪徳商人や周旋屋が、ヨッパや他の土地で奴隷の綺麗な娘をどんな手口で手に入れたか。エジプトで仕入れたマットレスを、ここからガザへ持って行き、最後にフィラデルフィアでごっそり売り切ってどれだけの金が転がりこんだか。そんな話ばかりあちこちから聞こえて来る。それをゼノンは受け流していなければならない。

そういう中で、全く話題にもならない話、というのがあるのだ。その重みは、実は儲けの話よりずっと大きい。そしてゼノンがそれを気がねなく語れるのは、あまり交際も広くなく、商売もしていず、プロセウケーでも集会が終わるとすぐ帰ってしまう私のようなすね者ということになるのかもしれない。彼が私の家にやって来る時は、必ず何か人には簡単に言えない思いを抱いているらしいことが、私にも次第に察せられるようになって来た。

ゼノンは今日もひっそりとやって来ると、私が翻訳の作業に一区切りつけるのを待って言った。

「いつか、あんたが『あれは誰だ』と言った肺病病みの男がいたろう」

彼の話は、ほとんど前置きや挨拶抜きで始まることが多い。

「ああ、覚えている。あれは何という男だったっけ」

あまりにも痩せた、あまりにもみすぼらしい身なりの男だったからその印象は鮮明に記憶に残っている。

「サムエル」

紛れもないユダヤ人の名前だ。

「あのサムエルが死んだ」

「ほう」

病気が悪くなったのだろうか、と私は推察した。

「子供は九人いた。上の子供が十四歳だ」

ということは、年子が何人かいるということになる。

「奥さんはどうしている？」

「一番下の子供を産んだ時死んだ」

ゼノンの話によると、サムエルは唖《おし》で、穀物倉庫の番人をしていた。耳が聞こえなかっただけでなく、体も弱いので、力仕事ができなかったのであった。子供たちもそういう父に育てられていたので、寄り添うように固まって、他の人との付き合いもなく、湿った沼地の端の孤立した小屋に住んでいた。サムエルが何日か仕事に出てこないので、仕事先の監督が見に行ってみると、サムエルが死んでいただけでなく、子供の二人も餓死していたのである。

前々からサムエルは、穀物倉庫の持主が、子供たちに食べさせるだけの食料もくれないことを、身振りで訴えていた。しかしサムエルは文字を習ったことがなかったし、喋ることもできず字も書けない男の訴えではほんとうのところ実情がわからないのであった。子供たちは野獣のようで、人を見ると小屋の中に入って姿を見せなかったから、子供が何人いるかも正確に知っている人もいなかったのではないか、と思われる。

ゼノンは善人だから、サムエルの死に傷ついていた。しかしこういう事件は、決してこれが初めてではない。私は祖父からも、書物を読み、神の全能、人の知恵に思いを致すように勧められた。だから人よりたくさん書物を読んでいるのだが、一つには、有名な大図書館を持つアレキサンドリアに住んでいてこそ可能なことだろうと思う。そして私は、私の家にやって来るゼノンではなく、同じ名前だが、もう百年以上も前に生きていたもう一人のゼノンの著作も読んだことがあるのだ。プトレマイオス二世王と三世王の両王に仕えた大蔵大臣がかの有名なアポロニオスであったが、この人の事務官にゼノンという男がいたのである。彼がアポロニオスの所領管理に関して残した記録が「ゼノン文書」と言われるものなのだが、彼のパレスチナ旅行記には、このサムエルと極めてよく似た話が書かれている。そこに登場する多分パレスチナ生まれのセム人と思われる可哀相な男は、契約されていた給料がまともに支払われなかった時、餓死を免れるために内陸部へ逃亡するほかはなかった。しかし結局見つかって再びエジプトへ連れ戻されてしまった。そこでもまた給料なしで働かされそうになった。そこでこの男は書いているのだ。いや、自分で書けはしなかったろうが、こういう供述書を残しているのだ。

私は夏も冬も困窮の中にあります。雇い主ヤソンは、私に契約として酸っぱい葡萄酒を約束しました。しかし、今彼らは私を軽侮してあしらっています。どうしてかと言うと、私がバルバロスだからです。私はあなたにお願いします。私が自分の給与を受け取り、将来も飢えに苦しまなくて済むように、これからも私にきちんと払うべきものを払ってくれるよう、あなたからヤソンに忠告してください。なぜなら、私は正しいギリシア語を話せないからです」

私たちユダヤ人もまたバルバロイ、すなわちギリシア語以外の「異国語を語る」人間なのだ。

祖父が『ベン・シラの知恵』の中で次のように書いているところを、私は今日訳していたのだ。

「貧しい者に援助の手を差し延べよ。
お前の祝福《エウロギア》が全うされるために。
生きとし生ける者に恵みを施せ。
死者のためにも恵みを拒むな」

「サムエルの埋葬はどうしたんだね」

私はゼノンに尋ねた。祖父の触れている「恵み」とは、この場合まさに手厚く埋葬することを指すのだから。

「実はもう半ば腐っていた。しかし大丈夫だ、子供と一緒に葬った」

そこで親子はやっと永遠の平安を得たというわけだ。しかし私はついさっき私が選んだエウロギアという言葉の適否についてまだ少しこだわっていた。エウロギアは確かに普通「祝福」と考えられる。他に「賛美」とか「聖別」とかいう意味もある。

しかし私がためらっているのは、その言葉にはもう少し不純な感情を含む時もあるからなのだ。「お世辞」「へつらい」もエウロギア。或いは、神から具体的な恵みや賜物を得ることを明らかに当てにした上での「善行」もエウロギアだ。しかし、人間にこの計算がなかったらどうなるのだ、と私は思っている。不純な人間にもし知恵が兼ね備わっていたら、それは純粋な人間にはない謙虚さを引き出すだろう。もちろん知恵の光がなければ、不純は不純だけだ。エジプト人の農夫たちの木製の鋤鍬《すきくわ》のように、うまみも粘りもないものだ。しかし我々ユダヤ人は、鉄製の鋤鍬を使うことをもうずっと昔から知っているのだ。

祖父はこう続けている。

「泣く者を避けるな。
悲しむ者と共に悲しめ。
病人を見舞うのをためらうな。
そうすることによって、お前は愛されるであろう。
何ごとをするにつけてもお前の終わりの日を思え。
そうすれば、いつまでも、罪を犯すことはあるまい」

サムエルの死をそれほど悼むことはない。しかし人間は、いつも死を思うべきなのだ。死と共に暮らすのが、獣ではない人間の証だ。動物は決してそういうことをしない。しかしほんとうの人間は決して多くはない。

オサムとタカシは、サトルの家の二階の部屋に集まっていた。部屋のドアにはしっかりと鍵がかけられ、中では凄まじい音量のロックが鳴っていた。彼らは中学の三年生だったが、音楽が彼らの会話であった。三人はほとんど話をしなかった。しかし音楽を聞いていれば体中で話をしているような気分だった。

たまに会話を交わしても、そのフレーズは極度に短かった。しかも表現は、ほとんど符牒《ふちょう》に近かった。

「ナオトの奴」

推測では、それは彼らがろくろく行かない学校の、同級生の名前らしかった。

「昨日、つっかけた」

「バイク。もったいねの、二十万」

「まちっと」

「曲がって、もう使えね、ってさ。腰振って……」

「買い換え時よ」

「あいつの親父……」

「弁護士」

「アクトクな」

「金はあら。もの買ってやりゃ、いいのよ」

「相手にベンショさせりゃいいじゃないか」

「相手は……」

「死んだ、ってさ」

部屋には煙草の煙が濃かった。

「喉渇いたな」

一人が言った。

「飲むか？」

「ああ」

「コーラ」

「コーヒー」

サトルが床に放り出してある電話機を取った。

「おい、コーヒー二つとコーラ一本。ドアの外に置けよな」

しばらくすると、階下から、この大きな音楽にも消されないほどの異様な音が聞こえて来た。

「何だい。あれ」

「おれの曾祖母《ひいばあ》さんがさ。眼、見えねぇんだ。それがカン悪くてよ。よく、便所に行こうとして縁側のガラス戸にぶつかるのよ」

「幾つだ？」

「しらね。八十五かな。九十かな。おれ、あんまり会ったことねえから」

「ガラス割れたな」

サトルはうっすらと笑った。

「年とる奴は、バカよ」

少年たちの意識はすぐ音楽に戻った。しばらくするとサトルは再び電話をかけた。

「おい、コーヒーとコーラ、どうしたんだよ」

「大祖母《おおばあ》ちゃんが……」

電話の向こうに女の声がした。

「そんなこと、こっちと関係ねえよ」

サトルはがちゃりと受話器を置いた。

それから二、三分でドアの向こうに声がした。

「サトルちゃん、コーラとコーヒー置いときますよ」

サトルは黙っていた。足音が階段を降りて行く気配を確かめてから、サトルはドアを開けて、お盆の上の飲み物を部屋の中に引き入れ、再びしっかりと鍵をかけた。

「おふくろか？」

「いや、祖母《ばあ》さん。おれんち、女系家族だから」

「おふくろはうちにいないのか？」

「こんなうちにいられるかよ」

三人はちょっと笑い、それからめいめいの飲み物に手を出した。

廃墟の月

今朝方、私が仕事を始めようとしていると、門口に人影がして、一人の奴隷が入って来た。まだ十三、四歳であろうか。ロバに積んだ甕《かめ》を一つ、細い体で運びこもうとしていた。

私が「誰だね」と聞かないうちに、その怜悧《れいり》そうな顔をした少年の奴隷は甲高《かんだか》い声で口上を申し述べた。

「シムオーンさまのご子息であるシムオーンさまからの使いでまいりました」

「それはご苦労だったたな。何だね」

「シムオーンさまは、今般、ディオニュソス神殿に、碑文を奉納なさいました。それを記念して、あなたさまにも、ガリラヤから届けさせました葡萄酒を召し上がっていただくようにとのことでございます」

口上が堅いのは、大役を言いつけられて緊張しているからのように見える。

「ほほう」

私が当惑したのは、私がそのシムオーン・ベン・シムオーンなる人物とそれほど親しくはなかったからである。もちろん知らないではなかった。彼は富裕な商人であって最近特にその名をよく聞くようになった人物なのである。そのきっかけは、シムオーンの六歳になる息子が乗った船が嵐で転覆したにもかかわらず、息子は助けられたので、シムオーンはすっかり感動して、その感謝を表すためにディオニュソスの神殿に碑を奉納することにした、というのである。そのことは、当然ユダヤ人社会でも、話題になっていた。碑文は「神の賜物」というのだそうだが、会堂守のゼノンはいささか苦々しい顔をしていた。子供が助けられたことが嬉しいのは当然としても、何もユダヤ教徒がディオニュソスの神殿に感謝の碑を建てなくてもいい、と思うらしいのである。葡萄酒を祝いに届けて来たのは、ディオニュソスが酒の神だからというほど筋が通ったものでもないらしい。

エジプトにパレスチナ産の葡萄酒が輸入されるようになったのは、もうかなり古くからのことで、それまでは地中海《うみ》の向こうで産する葡萄酒だけが上等だと、ギリシア人たちは頑《かたく》なに考えていたのだった。

パレスチナで上質の葡萄を栽培することを考えた最初の人物は誰であったのか、私はもちろんその名前を知っているわけではないのだが、少なくともガリラヤのベト・アナトに、コス島から八万本の葡萄を植えた篤農家の一人はアポロニオスであった。彼もまたユダヤ人である。今では当時と比べて考えられないほど、灌漑《かんがい》設備、水車、葡萄酒絞り機などに改良が加えられているし、ガリラヤの葡萄酒と言えば、贈り物としても第一級ということになっている。善意に考えれば、シムオーンは、子供の命が助かったのと、立派な碑を建てた自分の隆盛ぶりが嬉しくて、こうして誰にでも贈り物をしまくっているという感じである。

奴隷の少年を帰してから、私はやっと落ちついて偉大なる祖父の著作『ベン・シラの知恵』のギリシア語訳に戻ったのだが、今日取りかかっていたのは人間の「真の誉れ」に関する個所であった。

「どのような種族が誉れに値するか。
　人類がそれである。
どのような種族が誉れに値するか。
　主を畏《おそ》れる者がそれである。
どのような種族が誉れに値しないか。
　人類がそれである。
どのような種族が誉れに値しないか。
　掟《おきて》を破る者がそれである」

内容は深いが、翻訳の作業としてはそれほど困難なものではない。「種族」はギリシア語ではスペルマという語を当てればいいのである。

「主を畏れる者は、主のみ前で尊ばれる。

改宗者、他国人、貧しい人、
彼らの誇りは主を畏れることにある」

祖父は権威に強い人であった。ユダヤ教に改宗した人も他国人も貧しい人も、すべて蔑《さげす》まれて来た人たちである。しかしそのような人々を、主は「尊ばれる」とさえ祖父は言い切った。

「聡明な貧しい人を蔑むのは正しいことではない。

罪深い人を称《たた》えるのはふさわしいことではない。

偉大な人、裁判官、権力者は尊ばれる。

しかし、彼らのうち何びとも、主を畏れる者に勝る者はない」

祖父にとって、人間はすべて神の前にさらされねばならない。人と人を比べてみても、大した差はないのだ。

「自由人が知恵のある奴隷に仕えても、
良識のある人は、これについてとやかく言わない」

普通は自由人が奴隷になど、いかなる理由があろうとも仕えたりはしないものだ。だから良識ある人になるには勇気《アレーテー》が要る。勇気《アレーテー》は同時に徳《アレーテー》でもある。「とやかく言う」という表現には、私は自然なギリシア語を当てはめることができた。「ゴッギュゾー」という動詞である。これは極めて日常的な表現で、ぶつぶつ言う、という感じの擬声語である。翻訳はいつもこういう感じですらすら行くといいのだが……。

「仕事をする時に知恵を見せびらかすな。
困っている時に見栄を張るな。
働いて、何でもありあまるほど持っている人は、
威張って歩き回っているが食べ物のない人に勝る。
子よ、慎み深く自尊心を持ち、
自分の真価を知って自らを評価せよ。
自分自身に対して罪を犯す者を、誰が正しいとするだろうか。
自分の命を軽んじる者を、誰が尊ぶだろうか」

祖父は威張る人を嫌ったが、同じ程度に、自分自身を罪人扱いにする人も嫌った。罪意識の過剰も、偽悪者ぶる人も、自殺を図ったり病気を治そうとしない人も、共に嫌った。自然でもないし、素直でもないからだ。ありのままに自分を見るには勇気《アレーテー》が要るが、勇気《アレーテー》はすなわち徳《アレーテー》なのである。

「貧しい者は、その知識のゆえに尊ばれ、
富んでいる者は、その富のゆえに尊ばれる。
貧しくても尊敬される人は、富むならば、どれほど尊敬されるだろうか。

富んでいても軽蔑される人は、貧しくなるならば、どれほど軽蔑されるだろうか」

そこで私は、ふと葡萄酒のことが気になってしまった。ガリラヤから来た味は、日々の仕事よりも、私の心を惹くのである。私は味見のために仕事をおいて立ち上がった。

その夜は月がよかった。満月ではない。太った栗のような形をした月であった。相良《さがら》一太郎は、通りがかりの全壊家屋の、埃《ほこり》の匂う瓦礫《がれき》の中にうずくまるようにして残っている庭石に腰を下ろし、煙草を取り出した。

ひしゃげた屋根がつんのめるように庭になだれて来ていて、半分池を覆っていた。阪神大震災からもう四十日は経っているのだが、この家の持主は、全壊した家の片づけに取り掛かった様子はなかった。驚いたことに、大きな石灯籠の頭の部分が、横に五メートルも飛んで、生け垣を貫いて道の端に落ちていたが、それをどかす気配もまだないのであった。

一太郎がゆっくりとライターで煙草に火をつけた時だった。廃墟と言いたいような庭の一隅に、枯れ枝を踏みしだくような音がした。一瞬、一太郎は、犬かと思ったのだが、それはスラックスの上にぶくぶくに着込んだアノラックで手足まで短く見える老女だった。彼女が、庭の木陰で排泄をしていたことはほぼ間違いないことだったが、彼女もゆっくりとした足取りで一太郎の方に近付いて来た。

「済みませんね。ここのお宅の方でしたか」

一太郎は腰を上げようともせずに言った。

「いいえ、違います」

返された言葉も、関西風のイントネーションではなかった。

「私は東京の屋根屋で、おとついから屋根葺《ふ》きの応援に来たんですけどね、仲間を先に合宿に帰して、私だけここでちょっと休ませてもらってたんですよ」

「それはご苦労さんでござんした」

澄んだ声だった。

「奥さんのうちは、この近くですかね」

「いいえ、ずっと、小学校に避難してるんです。でも、時々私もここへ一人になりに来てるんですよ」

ちょうど一太郎の腰を下ろしている斜め前に、まるで話し合うのにちょうどいいような角度で、別の小さな石があった。そして相手は勝手を知った自分の庭のように、小さな方の石へ腰をかけた。

「ひどいこったったねえ」

一太郎は言った。

「そうですか？」

白髪の髪はほつれ、ひん曲がった眼鏡の奥から上目遣いに見ながら、相手の老女は言った。

「世の中はこんなもんですよ。戦争の時よりはいいんじゃないかしら」

「奥さんは偉いね。うちは壊れたんだろうに。子供はいるのかね」

「いませんよ。私、結婚もしなかったんだから。家が潰れて焼けても気楽なもんなんですよ」

「そうかね」

一太郎は静かさを感じた。時々生け垣の外を通る人の気配を感じたが、それも温かい静寂だった。

「私も二年前に女房に死なれてね。息子は九州で働いてるし、いてもいないようなもんだしね。もうほとんど引退してたんだけど、こっちで人手が足りないから来てやってくれって言うから、昔の仲間と手伝いに来たんだ」

「それはご苦労さんでしたねえ」

「奥さんは、昔から、一人で、どうして食べてきたんだね」

夜だったから、しかも月がいい日だったから言えた図々しい問いであった。

「私は看護婦だったんですよ」

「じゃいい仕事、いっぱいして来たわけだ」

「私がいなくったってね。誰かがやって来たことでしょ」

「そんな言い方しなくたっていいんじゃないの？」

一太郎は言った。

「俺なんか、若い時からずっと屋根屋で……それだけだけど、でも俺は、人の屋根ばっかり葺いてやって、いいことしたって思ってるけどね」

「そうですよ。自分だけのための屋根があるだけで人間は落ちつくもんですよ」

「奥さんは、もっと大きな人助けをして来たんだから」

「若い時、岡山の軍の病院に勤務してたの。配属になって半年で終戦になったんですけどね」

「そんな年には見えないよ、奥さんは」

少しはお世辞の要素もこめられていた。確信はないが、一太郎は、相手もほとんど自分と同じくらいの年だろう、と感じていた。

「看護婦がいたっていなくったって、生きる人は生きるし、死ぬ人は死ぬんですよ」

「そんなことを言えば、世の中、何がなくったっていいってことになるよ」

「兵隊に行きました？」

「ああ、ほんの三月」

「じゃ、遠くへは行かなかったんですね？」

「ああ、千葉の工兵連隊にいた」

「屋根を葺いてたんですか？」

「橋を架けてた」

「私ね、病院にいた時、戦傷じゃなくて、重症の結核の兵隊さんがいたんですよ。その人が死ぬ少し前、一度だけその人と寝たことありました」

「結婚しようと思ってたのかね」

「いやあ、奥さんがいた人だから。写真も見せてもらってましたしね」

「あんたを好きだったんだよ」

「そんなことないの。でも私が一生でいいことしたとすれば、あの時だけですよ」

「そりゃ、そうだ」

「こんな月の夜でしたよ。でも秋で芒《すすき》が生えてる野っ原でした。昔はあっちこっちに野原があったですからね」

「そうだったなあ」

「その人、僕は絶対に生きて見せる、って突然言ったんですよ。それまで絶望的なことばかり言ってた人だから、私、びっくりしたけど。でもほんとうは、もうだめだ、ってことは、私たちにはわかってたんですよ」

「あんたも少なくとも一度、人を愛せてよかったじゃないか」

「愛してなんかいなかったですよ。私、自分の真価を知ってたんです。私、不器量な娘でしたしね」

「でも、そういうことが一度でもあれば、あんたの人生は成功だったじゃないか。あんたは死んでも極楽へ行くよ」

「お母さんには会いたいんですけどね。そしたら褒《ほ》めてくれるかしら」

「俺も、お袋に褒めてもらえる、と思ってるの。だってほんとにあきあきするくらい屋根葺いたから」

一太郎は笑った。

「お互いにいい人生だった、ってことにしときましょうか」

「そうらしいね。それに違いないよ」

「いいお話聞いたから、もう帰ります」

老女は立ち上がった。

「もう帰るかね」

「月のお陰で、人生よく見せてもらいました」

荒れた庭を出る時、彼女の足取りはしっかりしていたが、影法師は脅えたように長くなったり縮んだりした。

すずかけの並木道

私が偉大なる祖父ベン・シラのように意志が強くないとしみじみ思うのは、時々、日課としている祖父の著書『ベン・シラの知恵』のギリシア語訳を、つくづくさぼりたいと思う日があるからである。仕事は毎日やると家人にも宣言したし、安息日以外は必ず、たとえ一行にせよ継続して進めることを自分に命じているのだが、それでも体がだるくて眠くて、何をするのも億劫という日もある。

ことに今日は、昨日少し遠出をしたので、その疲れがまだ残っている。私の知人に陶工がいて、私はその男からしばしば壺や皿を買っているのだが、その男がギリシア人の陶工の工房を見に行くからというので、誘ってくれたのである。陶工たちは、もちろん粘った土のある土地に集まって住んでいるわけで、その地区はここからかなり遠い。

その上、せっかくでかけたのに、私の知人が約束をとりつけておいたギリシア人の陶工というのは、でかけていて留守であった。家にいたのは、二十歳になる彼の知恵遅れの長男だけである。この子は、体も小さいし、話もほとんどできないのだが、私たちが行くと賑やかで嬉しいらしく、ずっと傍にへばりついている。

彼は知能は低くても、すばらしい才能を持っているのだ。彼の作る土の人形は誰にも真似ができない。「パンをこねる少年」という長さ一手尺（約三十センチ）ほどの人形を見せてもらったが、土偶の少年の尻のあたりの筋肉の若々しさといい、張り切った頬のみずみずしさといい、ほれぼれするような作品である。

私たちは、その土偶を「美しい《カロス》」と言って褒め、青年も褒められたのがわかって嬉しそうだったのだが、その時も私は祖父の翻訳のことが頭にひっかかっていたので、「カロス」という言葉は、ユダヤ人から見ると実にギリシア的な表現なのだと感じながら使っていたのである。カロスという言い方には、眼に見える要素以外の賞賛は含まれていない。この割り切り方は、一種のギリシア的な円熟と激しさなのである。

もしカロスという言葉が、人だとか、場所だとか、物だとかに関して使われたら、それは一目見て魅力があるとか、可愛いとか、堂々としているとかいうことで、その人の徳とか、才能とか、心根とかは一切問題にされていないのである。もしそれがもっと抽象的なこと……たとえば、組織とか行為などに使われる場合には、すばらしいとか、威風堂々としているとかいうことになる。

昨日の疲れが今日に残ってしまったのは、私がもう青年ではない証拠なのだが、こういう時の解決法は二つしかない。机の前に座って考えるふりをして居眠りをするか、むずかしい所は飛ばして、目下のところ一番翻訳し易いと思える個所をやるか、である。居眠りの方は、もう何度か妻に見つかってしまった。しかしその時は、「たった一言にこだわって考え続けていたら、このざまだ」と言えばよかった。妻は私がそれほど、翻訳の言葉選びに苦渋していると思ってくれたようだ。

易しい所から訳すということは、これは一種の知恵である。祖父が生きていたら、それは決して単純ではない、かなり深い知恵だ、と言ってくれただろうと思う。多くの人が、自分が勝手に打ち立てた理想の高さに負けて敗北した。その人たちでも確実に到達できる目標は、このアレキサンドリアの灯台のようにはっきりと輝いていたはずだ。しかし彼らは、それでは恰好が悪いと言って、あえて難しいことに挑戦した。ことにエルサレムに住んでいるユダヤ人などには、このようなタイプの人が多いような気がする。このごろでは、こういう人の話を聞くと、可哀相に、と思えてならない。

さて、今日、気楽に翻訳できると感じたのは、次のように、多弁を戒めた個所である。

「軽々しく人を信じる者は浅はかであり、

罪を犯す者は自分自身を害《そこな》う。

悪を喜ぶ者は罰を受け、
無駄話を嫌う人は心が軽くなる。

耳にした話を決して繰り返して語るな。

そうすれば、お前は損をすることはない。

友についても敵についても、何も語るな」

「耳にした話」という表現の訳には、思い切って簡略に「ロゴス」という言葉を当てた。

「カロス」に比べると、この「ロゴス」はまた途方もない言葉だ。それは神の命令から金言・格言、言語能力から物語、噂話まで含まれるのである。

友についても敵についても何も語ってはいけない、というのは最初の誠実だと、私は思う。私たちは他人のことをほとんど何も知らない。たとえ親友だと思える間柄でもほとんど何もわかってはいない。「語るな」に当たる言葉としては、「ディエーゲオマイするな」という単語を使うことにしたが、これは「描写するな」とか「くどくどと並べ立てるな」とか「とやかく言うな」とかいう意味になる。知ったかぶりでものを言うな、ということだ。

祖父は続けて言う。

「聞いた噂は、胸におさめておけ。

安心せよ。胸が張り裂けるものでもあるまい」

「シュンアポスネースコー」というのは、いっしょに死ぬということだ。秘密を心に留めていたからといって、胸が張り裂けてそのために死んでしまうものではない、ということだ。つまり人の真相は、たとえ知ったとしても墓場まで持っていく覚悟を持てということなのである。このこと一つをとってみても、祖父の書物は知恵の文学である。

私鉄沿線の駅前の菓子屋というと、今どきの若い世代は洋菓子屋を想像する。中年は和菓子屋を思う。菊池屋はそのどちらでもなかった。しいて言えば「袋菓子屋」か「豆屋」なのである。揚煎餅、塩豆、雲丹《うに》豆、かりんとう、品川巻き、おのろけ豆、おこし、などの袋菓子を売っている。店の造りも二、三十年昔のままで煤《すす》けている。十年ほど前までは、隣が下駄屋だった。下駄屋は四十平方メートルの土地を上手に高く売ってどこか別の所へ家を買った。しかし菊池屋はそのままそこに居座っている。毎日のように前を通る人の中でも、(信じ難いことだが) 菊池屋があることさえ知らない人までいる。若い娘に駅前の豆屋の話をすると、「えっ？　そんな店、あったぁ?」という調子だ。

そういう保守的な経営に甘んじているのも、菊池屋の当主は脚が不自由だからである。小さい時の自動車事故の怪我の後遺症で、片脚がほとんど動かなくなった。しかしこういう小さな商店なら、充分に店番ができる。今のままで、どうにか食べて行かれれば、それでいいというわけだ。

菊池屋の妻の良子《よしこ》は、四十ちょっと過ぎで目立たない女であった。四十ちょっと過ぎという年齢も目立たない年頃なら（もっと若ければそれだけで注目する男もいるし、もっと年をとっていれば、よろよろしたりして危なっかしく見えるという点でまた目立つものなのだ）、体つき、顔だち、すべてにおいて目立たない平凡な外見であった。小肥りだが、今どき小肥りの女などどこにでもいる。背の高さも百五十七センチ。九号サイズのつるしの服を買うには、ウェストとヒップが少し窮屈だというだけで、丈はぴったりなのであった。

二人の間には一男一女がいたが、上の息子は中学生、下の娘は小学生で、それぞれに昼間は学校、夕方は塾だから、店が開いている時刻に子供の姿を見かけることはめったにない。しかし、別に夫婦が教育パパ・ママだということでもないらしい。二人とも「親たちが忙しくてあまりかまってやらないので、塾に行くのが楽しくてたまらない」のだと、良子がおかしそうに馴染みの客に話したこともある。

確かに流行《はや》っている店とは言いがたいが、菊池屋にもそれなりに客はあるのであった。脚の悪い亭主はいつも店にいて、塩豆一袋買う客にも気軽に喋っているし、気さくな客が別の客の品物を脚の不自由な主人のために受渡しをしてやることもあった。良子はその度に「すみませんねえ」と言い、その礼のつもりか、お茶を入れて出すこともあった。

茶は卸で買って来たという安い茎茶だが、その素朴な味でまた古い客は安心するのであった。

「うちも、大過なく過ごして来ましてねえ」

菊池屋の主人はそんな言い方をすることもあった。

「私の脚が利かなくなったことは、大過じゃないか、って言う人もいるけど、私にすれば小さい時からこうだから、別に後から災難が起きたって感じもないんでね」

「自動車事故って、轢《ひ》かれたのかね」

「父親の車がバックして来た時に、私が後ろにいたのが悪かったんですよ。気の毒に、父はずっと私のことを気にかけていて、この店だってほんとうは兄が継ぐはずだったんだけど、兄をサラリーマンにしましてね。兄には気の毒なことをしちゃいました」

「兄さんは今、東京？」

「ええ、厚生省にいるんです」

菊池屋はまた、時々は妻のことを語る時もあった。

「脚が悪い男ですからね。嫁に来てくれ手がいるかどうか、って思ってたんですけど、まあ、可もなく不可もないのが来てくれましてね」

良子はそういう夫の言葉を笑いながら聞いていた。

「私の方は可もなく不可もなくじゃなくて、不可だったんだけど」

「脚くらい、どうってことないやね」

　客は聞きようによっては主人の体に同情がないような口調で言った。しかしこれが東京人種の一捻《ひね》りした親愛の表現なのであった。

「こんな駅前で仕事してるとね、ずいぶん、信じられないようなことを見聞きするんですよ」

　主人は言った。

「私は近視だから、駅前広場の向こう端で起きてることなんか見えやしないんですけどね、うちの良子は眼がいいからね、ほんとに信じられないような人が信じられないことしてるのを見ることがあるんですよ。でも、あの女は、一つだけ守ったことがあってね、そういう噂を何一つ喋らなかったね」

「そうかね」

「信じられないような人が、お金借りに来たこともありましたよ。社会的に有名だし、第一それっぽっちのお金、何に使うつもりだったんだろう」

「あんたのとこが一番気楽で借り易かったんだよ」

「二人で傘借りに来た人もいたんですよ」

「二人でね」

　客は鸚鵡《おうむ》返しに言ってから反論した。

「でも僕だったら、人目を忍ぶ時には傘なんか借りないがね」

「それがあなた、女の方が変装してたんですよ。鬘《かつら》に眼鏡ですとさ。一言も言わずに脇向いてたから、良子は気がつかないふりをしてたけど、実はどこの奥さんかわかってたんですよ」

「意外と図々しいんだね」

「平気で並んで、すずかけの並木を帰って行きますからね」

この私鉄の駅は住宅地に向かって、四方にすずかけの並木を作っていた。

「すずかけの並木も呆《あき》れて見てるでしょうよ。近親相姦もあるんですから、白昼堂々と」

「父親と娘かね」

「まあ、それが多いでしょうね」

「何も人の店先で、それがわかるようなことしなくてもいいと思うけどね」

「私もそう思いますよ。でもそういう人は、平気でそういうことするんですよ」

「娘は嫌がってないの？」

「わかりません」

「そう」

「わからないんですよ。最近の娘たちは平気で売春するっていうから、父親だって男には変わりないくらいに思ってるんじゃないですか？」

「わからないね」

「わかりませんよ。全く」

良子は客と夫の話など全く聞いていないように、お茶を持って来るのだった。そして再び店先の客の相手をしに行ってしまうと、菊池屋の主人は言葉を継いだ。

「うちの女房は美人でもないし、スタイルもよかぁないんですけどね、ほんとに生まれてこの方、噂話ってものをしたことないんです」

「珍しいね、今どきの人は、テレビの番組だってそうだけど、噂話に生きてるみたいなとこあるんだっていうけどね」

「貧しい職人のうちの娘なんですけどね、昔気質《かたぎ》の親父に言われたんだそうです。人殺ししたくなかったら、人の噂話するな、って。噂話で殺されてる人が世間にどれだけいるかしれない、って。あの女の取柄はその父親の言葉を守ったことだけですよ。もっともそれだから、駅前でずっと商売して来れたんでしょうけどね。

時に粗茶をもういっぱいいかがです？」

電車が着く度に、住人たちはすずかけの並木道を散って行った。

右手

今朝の私は、この澄み切った空のように気分がよい。そう感じられる最大の理由は、頭が明晰に働いていると実感できることである。だから、戸外の仕事机の上での翻訳の作業も、信じられないほどすらすらと進んだ。

もちろん人生は、すべて思いのままではないことは、今私が翻訳しようとしている祖父の著書『ベン・シラの知恵』にも書かれている。私の仕事の僅《わず》かな妨げになるのは、家の中から聞こえて来る、妻と、その妹との会話である。

妹は三日前から遊びに来て泊まっている。この可哀相な女は、結婚しても子供ができなかったので、離別を言い渡されて父の所へ帰って来た。それ以来気儘《きまま》な身の上である。誰もが、そういう境遇だと聞くと、彼女がうちひしがれているだろう、と想像するのだが……それが全くそうでないのだ。この女は実によく喋る。私の妻も人並みにお喋りだが、この妹と来たら、妻も黙るほどのお喋りだ。

二人の話はすべて推測で始まるのだが、喋っているうちに次第に断定に変わって来る。なぜこういうことができるのか不思議だ。おまけに、妻の妹の声は実によく通る。明るいいい声なのだ。しかしその声と噂話の内容を聞かされながら、私は翻訳を続けなければならないのだ。

「知恵は、謙虚《タペイノス》な人の頭をもたげさせ、
偉大なる者の間に座らせる」

こういう出来事は、私くらいの年になると、もう何度も見ている。私が「タペイノス」と訳した言葉は、つまり「社会的地位の低い人」という意味だ。時には悪い意味——つまり権力者に対して卑屈な態度を取る人という意味——もある。しかし祖父が言うのは、社会的に下の階級にいても、彼らはいつの間にか世間で重く用いられるということだ。こういう公正な運命をこの現実の世界でよく見られるというのは、嬉しいものである。

祖父は書いている。

「容姿の美しさによって人をほめるな。

外見によって人を忌み嫌うな。

蜂は飛ぶもののうちで小さいものだが、
その作るもの《カルポス》は一番甘いものだ」

これは素晴らしい個所だ。処世訓を書いているようで、祖父にはしかし非凡な文学的才能があったことがよくわかる。蜂の「作るもの」と書いた祖父の元の言葉を、私は「カルポス」というギリシア語に置き換えた。「カルポス」は「果実」を表す単語だから、それはつまり「蜜」のことだ。蜜蜂というものは、何と神秘的な果実を集めるものだろう。あの甘い蜜は、彼らの労働の実りだ。自然からの贈り物だ。そして蜂どもは決してそれを自分だけで専有しない。蜜の味は彼らの利己的でない生き方の象徴でもある。

妻とお喋りの妹が喋っていた話題が時々私の頭に侵入したのは、私が、彼女たちの噂している相手を知っていたからである。それは、ドシテオスと呼ばれる男で、船乗りとして長い間、放浪していた人物である。妻とその妹は、私以上に彼のことを知らないのだが、それをいかにも知っていると思い込んで話をしている。その落差がおかしいのだが、私は女たちの無知を訂正するような努力は何もしないことにしている。女たちから楽しみを奪う必要もないし、私自身が彼女たちの世界に引っ張りこまれるのもまっぴらだからである。

ドシテオスは今年四十代の半ば近くになるだろうか。昔は、同性が見てもちょっといい男だったのだから、女たちも関心があるのだろう。しかし今の彼はすっかり尾羽うち枯らしている。右手が麻痺し、妻にも先立たれ、一人きりになって、右脚も引きずるようにして歩いている。昔は、服装にも気をつけていて、なかなかの洒落者だったのに、今では彼の上着の肩の縫い目は擦り切れている。

私は今でも時々、思いがけない人から、身の上を打ち明けられることがあるが、それは祖父もそうであったらしい。とにかく、ドシテオスは或る日、彼の若い時からのことを私に打ち明けた。彼は、同性愛の傾向を持つ者だったのだ。世間体をはばかって妻を娶《めと》ったが、好都合なことに体の弱い女であった。彼がほんとうに愛していたのは一人の少年であった。

彼はその少年と初めて体育場で会った。それはよくあることだ。眩しいほどしなやかな、初々しい裸体だった。それなのに砂の上に腰を下ろす時、彼は片脚を前に伸ばして優雅な座り方をし、決して自分の性器を見せない慎みも心得ていた。立ち去る時には、彼は素早く砂を掃いて、自分の座った跡に残される果実の印を消して行くことも忘れてはいなかった。

しかしドシテオスは引きつけられるように少年が座っていた場所に近づいた。そして砂の上にくっきりと、消し損なわれた細くすんなりとした上品な情熱の指跡の「部分」が残っているのを見て逆上したのであった。

それからのドシテオスはソクラテース言うところの「恋する人《エラステース》」の生活を送った。ドシテオスの理想は、少年《パイディカ》が十八歳になるのを待って共に戦場へ赴き、互いに自分の武勇を示し合う、という関係であった。その場合、少年の甲冑は「恋する人」が贈るのが習わしである。ボイオティアのテーバイの「神聖隊」はすべて同性愛者ばかりの組で構成されていた。だから彼らは強かったのである。彼らの部隊は連戦連勝を誇っていたが、マケドニアのフィリポス二世と、カイロネイアの戦いでぶつかった時、彼らは全滅した。しかし愛するものの多くは、自分を愛してくれた人の傍らに寄り添うように死んでいた。

しかしそのようなことは、この土地では叶《かな》わぬままに、二人は船に乗ったのであった。そして或る夜、嵐が少年を奪ったのである。

ドシテオスは魂を抜かれた人のようになって家に帰って来た。妻も、信じ難いことだが、少年が海に消えた次の夜に、死亡していた。少年がいなくなった翌晩、ドシテオスが喪失の苦しみに耐えながら、甲板に立っていた時、一つの星がゆっくりと船の行く手に落ちて行くのを見たが、それは妻が冥界へ行く旅立ちの姿だったのかもしれない、とも思えた。

それらの悲劇と同時に、ドシテオスの右手は次第に麻痺して動かなくなった。

その時ドシテオスはふと、長い間、少年との愛欲の日々の中で忘れかけていた昔の生活を思い出した。

「エルサレムよ、もしわたしがあなたを忘れるならば、わが右の手を衰えさせてください」

バビロンの捕囚民が歌ったと言われるこの詩の一部を思い出した時、涙が滂沱《ぼうだ》としてドシテオスの頰を流れた。ドシテオスは自分が長いこと、神から遠ざかっていたことを思い出した。自分は神を忘れていた。しかし神が自分を忘れていなかった証拠に、神は古《いにしえ》の詩人の言葉を借りて、人間の神への忠誠をドシテオスに思い出させたのだと感じた。

それは悲しくはあったが、惨めな思いではなかった。彼は今や、この世よりも、あの世へ行くことを考えていた。現世が稀薄になるほど愛した少年も、ないがしろにされながらも少しも彼を恨んだ気配もなかった妻も、二人ともがあの世で彼を待っているように思えた。

だから祖父は書いたのだ。

「主のみ業はすばらしい
そのみ業は人には隠されているからである」


あっ、と思った時、江崎明美は、ローカル列車の前の座席にいた女の子が、癇癪《かんしゃく》を起こして動かした手で振り払われたマスカット・ジュースを、その日下ろしたばかりの白いスーツの膝の上にかぶっていた。

「済みませんでしたねえ」

女の子の母親が言った。口では済みませんねえ、などと言いながら、あまり済まないとは思っていないような白々とした態度であった。

こういうことは、実は急に起こったことではないのである。もうさっきから、この五歳くらいの娘はむずかり続け、人形や絵本や、あらゆるものを通路や床に投げつけて、憂さばらしをし続けていたのである。だから、母親がその理由を取り除いてやるか、それともただわがままなだけなのだったら、少しは叱りつけてもよさそうなものなのに、この母親は娘に猫撫で声で相槌《あいづち》を打つだけで、何もしないで放置しているのを、明美は苦々しい思いで見ていたのであった。

「ごめんなさいね。このタオルを使って拭いてください。うちから持ってきたので、まだ汚してません。きれいですから」

「どうも」

と呟いて、相手が差し出すビニール袋に入ったお絞りを受け取りながら、明美は、拭くだけで済むことじゃないだろう、とあからさまに言えない自分に腹を立てていた。マスカット・ジュースは、グレープ・ジュースほど阿漕《あこぎ》な色ではないが、それなりに淡い緑色をつけてある。高校の同級生が、こんな夏の最中に結婚することになった。「皆さま、普段着でどうぞ」と招待状に書かれていたのは嬉しいが、それでも県庁所在地の市で行われる披露宴に出席するために、明美は、半袖の白のスーツを買った。その下ろしたてのスーツを着て列車に乗ったとたんに、こうしてジュースを掛けられたのだ。色が残ったら、どうしてくれるのだろう。

「この子、赤ちゃんの時から、右手がよく動かないんですよ。それで始終焦《じ》れて、わざとものを振り払ったり投げつけたりするのよ。困ったもんだわ」

困ってもいなさそうな、人ごとのような調子である。

顔で人を判断するものではない、と明美は幼い時、同居していた祖母からもよく言って聞かされたものであった。しかしこの母親の顔——頬骨とエラ骨が張って、二重瞼で、我が強そうな印象——は我慢するとしても、その手入れの悪いロングヘヤーは、生理的な嫌悪を感じさせた。パーマは取れかけて乱れ、毛先は傷んで箒《ほうき》のような枝毛になっている上に、顔を寄せた瞬間にはむっとするような不潔な匂いもする。

「この子のお父さんの方の家っていうのは、わりとお金もあって、名家なもんですからね。一族にお医者とか、県会議員とか、いろんな実力者がいるんですよ」

それがどうした、という思いで、明美は黙ってタオルを動かしながら聞いていた。

「それで、私がこういう子を産んだことが気に食わないのね。私のうちは、平凡なサラリーマンの家庭でしょう。親戚に有名人もいないし、学歴のいいのもいないのよね。だからこんな子の生まれた原因は、私のうちの方にあるんだって、向こうは言うのよ」

多分、洗濯代を出してください、と言ったって、新しいスーツを弁償してください、と交渉したって、こういう女は応じないに違いないから、せめて話でも楽しまないことには損をしてしまう、と明美は自分を取り戻しかけていた。

「有名だとか有名でないとかいうことと、手が不自由なこととは関係ないじゃないですか」

明美は相手の言葉に論理性がないのにもうんざりしていた。

「私は関係あるようになっちゃったのよ」

女はそこでけたたましく笑った。

「何かある度に、お前の血筋が悪いんだ、って言われ続けてごらんなさいよ。初めは関係がなくたって、今は関係ができちゃったのよ。だから私、そのことを忘れないようにしたの」

「どういうふうにですか？」

「必ず、この子をひとかどの人間にして、あんなことを言った人たちを見返してやるのよ。そして、こんなに有名な子になったのは、お宅の血筋じゃありません。うちの血筋です、ってそちらが言ったじゃありませんか、って言い返してやるの」

明美は、自分のスカートを眺めた。濡れている分だけ、乾くと色が薄くなることを期待できなくもない。しかし多分もう白のスーツとは言えなくなっているだろう。

「だから、私、毎日この子に言ってるんですよ。あんたは手が不自由なんだから、その分、必ず偉くならなきゃいけないんだよ、って」

その瞬間、気が立っているように見えた女の子は、決して強要されている、という感じではなく、人生の深い納得に到達しているという表情で、その言葉に深く頷いたのであった。

赤い岡

人生は突然の変化の連続だということは知っているが、こんなことが実際に起こるなどとは信じられないようなことが起こってしまった。

昨夜遅く、私の家の戸口を叩くものがあった。妻ももう寝る直前の時間だった。外は、くっきりした影法師が私に寄り添って歩くほどの月明の夜であった。

それはあのお喋りの、ということは今となっては賑やかな、と言うべきだろうが、妻の妹が突然死んだという知らせだった。彼女は離婚して家に帰ってからは、その父母と住んでいたが、健康そのもので、私は彼女が寝込んでいるなどという話を聞いたことがない。

使いの男の知らせを聞くと、妻は布地を裂くような叫び声を上げ、地響きを立てて床に崩れ落ちた。それほど驚いたのだ。

無理もない。今回、私たちは彼女が病気をしていることさえ知らされていなかった。彼女は、高熱が出た翌日、急死したというのだ。普通熱の出る病気は、アレキサンドリアでも河口地帯にはよく出るのだが、その熱の形で大体予後がわかると言われている。熱が三日目に出るのもあれば、四日目に出るのもある。どちらも辛い病気だが、熱が引けば、弱ってはいてもどうということはない。

しかし時々、まるで雷の稲妻の爪に捕まったみたいに、その日かせいぜいで翌日、まだ周囲の者が危険を感じる前に死んでしまう者がいる。妹はその病魔に見入られたのだ。

私は妻を寝床まで運び、下女に付き添っているように言いつけてから、まだ消していなかった灯皿の元へ戻った。こういう時、人は考えることで心を鎮まらせることが必要だ。妻の側に付き添って慰めてやることも考えたが、そうやって優しくしたところで、人間は別離の苦悩から救われるわけでもないのだ。人は誰でも自分の力で、溺れそうになっている淵から這い上がらねばならない。

私は偶然、今朝、朝日の中でやっていた翻訳の仕事の部分を思い出していた。偉大な祖父の著作になる『ベン・シラの知恵』の、こういう個所を翻訳するのに、私は四苦八苦していたのだ。

「愚か者を教えるのは、陶器のかけらをのりづけするようなものであり、眠っている人を、熟睡から起こすようなものである。

愚か者と語るのは、うたたねをしている人に語るようなもの。話し終わると、『なんのことだ』と言うであろう。

死者のために泣け、命の光が消え失せたから。

愚か者のためにも泣け、その知力が消え失せたから。

死者のためにはあまり泣くな。彼は憩いについたから。

しかし愚か者が生きているのは、死ぬよりも悪い。

死者に対する嘆きは七日間続くが、
愚か者や不信心な者に対する嘆きは生涯続く」

「愚か者」と祖父が言ったのは、ギリシア語の「モーロス」に当たる。頭がばかだという意味の愚か者ではない。神を恐れる智者「ソフォス」に対して、神を恐れない愚か者という意味の「モーロス」のことである。

あの義妹はどんな女であったか、私は実はよく知らない。女の性格について、我々は探究する習慣がない。何しろ我々ユダヤ人は毎日「万物の王、我々の神である主、私を女として造らなかったことを賛美いたします」と祈っているくらいだから。

ただモーロスであろうとソフォスであろうと、死者を想うのは辛い。賢いソフォスが死んだ場合より、愚かなモーロスが死んだ場合の方が、私には悲しく思える。自業自得と思えば簡単なのだが、何か仕残した部分がありそうに思えるのだ。それが何であったか、残された者は知る方法がない。もっとも、祖父はそれを次のように割り切って考えている。

「不作法な者と長話をするな。

思慮の足りない者と共に歩むな」

「不作法な者」という言葉に対しては、私は「アフロノス」という言葉を当てた。「思慮の足りない者」という表現には「アシュネトス」という表現を用いた。どちらも、「ア」という否定の接頭語がついた単語だ。つまり祖父が言ったのは、分別のない人や良識に欠けている人と話をするのはやめろ。思慮の足りない男とは関わりを持つな、ということなのだ。もっとも祖父の考えによれば、たとえ生身の体は生きていても、愚か者は死人と同じ、というわけだ。祖父は、智者だけが人間として「生きている」と思っていた男なのである。

そうこう考えているうちに、灯皿の油が尽きかけて来たし、妻の泣き声は聞こえなくなっていた。灯皿も、人間の命も、悲しむ力も、共に尽きる時は自然に尽きるのだ。


月刊「遺跡発掘」という雑誌の編集部から連載の仕事を頼まれていたライターの上田勝利は、Z川に沿って点々と残っているZ川遺跡群を案内してくれるという郷土史家の秋山得三郎という初老の男に逢った瞬間、何より彼が帽子をかぶっていないのにほっとしたのであった。これは誰にも言えない秘密なのだが、帽子をかぶっている男というのは、かならずと言っていいほど、説明が長いのである。

秋山はごく普通に茶色の蚊よけの目的かと思われるほどの薄いジャンパーを着て長靴をはいていた。道なき道にも入るのだから、これは賢い服装であった。

この秋山という男は、初対面の上田に、真っ先に、

「もうとっくの昔に発掘した遺跡も取り上げるんですかね」

と聞いたのである。

「ええ、ページ数としては少ないんですけど、ゆっくりとそういう所を歩いてみたいという読者もけっこういますから、今現在スポットライトの当たっているというのではない古い遺跡についても、僅かですがページを割いているんです」

と上田は説明したのであった。

上田は、最近、取材にノートを一切取らずテープ・レコーダーだけを使うことがうまくなって来た。漢字をどう書くのかわからないようなものも、口で尋ねてテープに入れて置く。その方が、疲れないし、現場の感じも出るのである。あたりに咲いている花や茂っている木、流れている水の様子なども、自然に会話の中に入れるようにしておけば、後から情景描写をするのに困るということもなかった。

Z川遺跡群は湾曲した川の流れに沿った南向きの丘陵に、長さ五キロ近くにわたって

広がる縄文時代の遺跡である。その一部は神社の境内に保存され、一部は小学校の裏庭に残っている。一部は泉の付近に散らばり、一部は雑木林に埋もれていた。秋山は自分の小さな車で、舗装した国道を数百メートル、或いは数キロ走っては車を細い脇道に乗り入れるというやり方で見所に連れて行ってくれたのである。秋山はそういう点でも、要領よく、ポイントをついた案内をしてくれる男であった。

しかし次第に秋山は、遺跡とは直接関係のない自分の身の上話をするようになった。

「ここでね。私の別れた……が自動車事故を起こしたんだけどね」

道が緩やかにカーヴした所で、車に乗り込む前に秋山は言った。秋山の一つの難点は、発音があまり明瞭でないことだったので、上田は「誰が事故を起こしたんですか？　秋山さん自身じゃなくて？」と聞き返さねばならなかった。

「僕じゃない……別れた女房が、事故、起こしたの」

秋山は言った。

「そこのカーヴだよ。あの路肩近くの木にぶつかったんだ」

「ぶつかってよかったんじゃないかな。そうでなければ、下まで落っこってたかもしれないでしょう」

「そうだ、ね」

「どうして奥さんと別れちゃったんですか」

上田は普段はそういう個人的な質問をするのをためらう性格であった。人は決して自分の行動の背後の事情を正確に他人に伝えることはできない。しかしその時ばかりは、秋山が事情を聞いてほしがっているように感じたのであった。

「男ができたからだよ。不動産屋でね。当時はうんと景気がいいようなこと言ってたらしい。ばかだから、すぐ騙《だま》されるんだ」

「秋山さんは何のお仕事だったんですか」

「僕？　僕はA市でクリーニング屋をしてたんだ」

「そうなんですか」

「僕は深追いするのが嫌だから、そういう相手ができたんなら、さっさと出て行ったらどうか、って言ったの。どうなるかはわかってたけどね。不動産屋なんて浮き沈みが激しい仕事だからね。いい時は派手でいいけど、景気が悪くなったら、僕らみたいに、自分の労働で稼いでいる仕事みたいな安定はないやね。口先で儲ける仕事は、すぐがたが来る。向こうといっしょになって、五年もしないうちにだよ。バブルが弾けて、向こうは何のうま味もなくなったらしいね。女房の持って行ったへそくりにまで手をつけてるらしい、って話してくれた人があったけどね」

「お子さん、おられるんでしょう？」

「離婚した時、息子はもう会社に勤めて下宿してたの。娘は高校だったから、母親が連れて出た」

「しかし、家族を解体するっていうのは大変だったでしょうね」

「ああ、大変だった。僕の口から言うのも変だけど、息子は高校でもいい成績で、大学進学を勧められてた。だけど、自分はそれほど学問好きじゃないから、進学はしない、って就職したんだ。その代わり、娘の方が短大に行ったんだけど、ああいうのを教育するのは、つくづく時間と金のむだだと思ったね」

秋山は恐ろしく突き放したものの言い方をした。

「本って言ったらマンガ本しか読んだことないんじゃないかね。母親が何にも教えないんだから、非常識になるのも仕方がないけど」

秋山は、娘が女子短大に行ったので、まあ男の問題は起きにくいだろう、と思っていたのだが、娘は短大の入学式の夜、酒を飲んで酔いつぶれ、駅のベンチで眠ってしまった。別れた女房は心配し、秋山のところにまで娘が行っていないか電話をかけて来たが、やがて始発電車で帰って来た、という報告を寄越した。

「どうしてそんなに飲んだんだ、って言ったら、勧められたら飲まないわけにはいかないじゃないの？　って言い返したもんだ」

「今は皆、そんなふうらしいですよ」

「それで二年生の時には、もう男ができた」

「ねえ、秋山さん。男親としては、相手が見つかってよかった、という気持ちありません？　いつまでも、男がつかないというのも不安じゃないかな。相手はどういう人なんです？　学生ですか？」

「自転車屋に勤めてる、社会人だってね」

「自転車屋じゃいけないんですか」

「それはもちろんかまわんよ。だけどその男は、始終仕事を休むんだそうだ。僕はそういう奴は好かんね」

「何で休むんだろう」

「わからんよ。ただ体がだるい、とか、酒飲みすぎた、とか、胃が痛いとか、人と約束してしまったとかさ」

「へえ」

「ま、個人商店だし、一人いてもいなくても何とか一日は過ぎて行くし、遠縁だということもあって、店の親父はぶつぶつ言いながら、首にはしないでいるらしい」

「その青年がいてもいなくても、何とかやって行ける、っていうのが問題ですね」

「そうだよ。いなくてもいい人間なら雇うこたあないんだ」

「それで自動車事故は？」

「別れた女房が、子供らを連れて食事に行ったらしいね。この上流に、川魚を食べさせる料理屋がある。そこへ行ったらしいんだ。そこで酒飲んで、酔ってここまで運転して来て、居眠り運転して事故起こした。その日に限って、訪ねて来た息子もいっしょだったんだ。車は下に落ちなかったけど、助手席にいた息子は、ドアから放り出されて舗装の路面に頭を打った……一週間は生きてたけど、一度も意識は戻らなかったね」

ここが、一人の青年が生涯を閉じた現場なのであった。

「お母さんが酔ってたんなら、自分は飲まずに運転要員として控えてればよかったのになあ」

「息子は免許持ってないんだ。人を轢《ひ》くような恐れのあることはしたくないって」

「いつもそういうことになるんだな。将来が予測できる人が破滅して、無謀な人がけっこう無事に生き残るんだよ」

上田は呟くように言った。

「僕はね、さすがに息子と娘が代わればいいとは思わなかったよ。物には代わりがきくけど、人間には代わりってのはないんだ。そしてあの息子のためには……僕は嘆かないことにしたんだ。これで、もう楽になったんだってね。もうこれ以上、ばか共とも付き合わなくて済むようになったんだから、よかったんじゃないかとしみじみ思ったね」

秋の紅葉が岡一面を赤く飾る季節だった。この辺一帯に多いハゼの紅葉であった。今は夏の初めである。都会育ちの上田には色づいていないハゼの木を識別する力はなかった。

「初七日に、僕はこの現場に来たんだよ。その年は気候が不順だったんだ。それまでは雨が続いてさ。ハゼがおかしな茶っぽい色になってた。眼がおかしくなったんじゃないか、と思ったよ。だけどその日、ハゼが急に色づいて感じられたんだ。もう悪夢のようにきれいな色づき方だった」

「空も青かったですか」

「ああ、青かった。何があっても、秋は空が青いし、この岡じゃハゼが真っ赤になる。息子も母親に殺されたんだから、怨《うら》んじゃおらんだろう。それだけが僅かな慰めだったね。この頃じゃ時々、息子が死んだことを忘れてるな」

「息子さんもそうなる方を喜んでますよ」

秋山は一瞬、今は緑に息苦しいほど覆われている岡を眺めた。

「二十七で、死んじゃったんだよ」

秋山は独り言のようにそう言うと、黙々と自分の車に乗り込んだ。

優しい言葉

アレキサンドリアで最も有名な建造物と言えば、海をあまねく照らす灯台と、海の周辺に生まれた知恵をすべて網羅しようとしている図書館なのだが、その図書館の拡張工事のモザイクを見に行かないか、と誘ってくれた人がいた。その日も私は翻訳の仕事の壁にぶつかって無為な時間をすごしていたからすぐ誘いに乗ったのである。

立ち止まって当然という個所ではあった。すらすらと翻訳できる方がおかしいというものだ。神の存在の前にあって、人間とは何か、ということを祖父が考えたところなのだ。

「人間とは何ものなのか、彼は何の役《クレーシス》に立つだろうか。
その善とは何か、その悪とは何か」

祖父は人間の「クレーシス」、つまり使い道を考えていたのだ。使い道のない人間は不幸だ。そして人の使い道を考えられなかった上に立つ者の罪は大きい。

「人の寿命は百歳に及べば大したものである。

永遠の日に比べると、このわずかな寿命は、
あたかも海の水の一滴《ひとしずく》、砂の一粒に過ぎない」

海を見ると、私はいつもこの虚しさを明るく受け止める。人間は永遠の前の一瞬。海の水の一滴。砂漠の砂の一粒。夜空の星屑の一つ。後世の誰もその存在を記憶することもない。

人間の一生の何と短いことか。アブラハムは百七十五歳生きたということになっている。しかし我々は詩篇にあるように、長くとも七十年、さらに健やかでも八十年、と考える。もちろん実際にそれだけ生きる人はごく稀だ。

「それゆえ、主は人々を偲び、
その慈しみを彼らに注がれる」

まだ十代の時、私は反抗して考えたものだ。人間のこの決定的な悲哀、まっしぐらに死に至る道は、神の罠《わな》なのではないか、と。神は自分の必要性を認めさせるために、わざとこの惨めさを人間に用意したのではないか、と。しかし今では、妥協ではなくて思うことができる。もし悲哀の部分がなければ、人間はどんなに浅はかな、ほとんど眼も当てられないほどの単純なものになっただろう、と。人間に輝き

を用意し、人間を偉大なものとするために、神は悲惨を与えた。

その後に続く数行の翻訳の作業で、またも私は行き詰まってしまっていた。

「主は人間の惨めな末路を見ておおり、知っておられる」

「末路」という言葉には、どんなギリシア語を当てたらいいのだ。私はその間迷いながら机の前だけにずっと座っていたのではない。私は鳩に餌をやったり、外の物音の原因を確かめに行ったり、落ちつかない時間を過ごした。そして完全とは言えなかったが、「カタストロフェー」という語を使うことで、自分を納得させた。これは、末路というより、破局とか混乱を意味する言葉だ。「末路」は、端然とした結末を意味するものではないだろう。人の死が端然としている、というのは物語の中だけだ。実際の死は、どの人の場合でも、破局と混乱を伴っている。しかしそこに希望の光が僅かに残っていないわけではない。祖父は希望の微光として、神の慈愛を見た。

「人の慈しみはその隣人に及ぶが、
主の慈しみはすべての人に及ぶ」

祖父が「慈しみ」と言ったものも、私は何と訳すべきなのだろうか。こういう場合に、私は祖父の言おうとしている意味を、ほんの少し逸脱したかもしれないという恐怖に捕らえられる。私はそれを「エレオス」という言葉に置き換えたのだ。「エレオス」は「あわれみ」に一番近い位置にある。神の慈しみは、親の慈しみとは明らかに違う。もっと高く、もっと公正で、もっと人間の弱さを知り尽くした上でのことなのだ。即ち、それはあわれみのことだとしか、私には思えない。これは逸脱なのだろうか。それとも、部分訳でしかないではないか、と非難されることなのだろうか。こういう場合私は、時々、翻訳の仕事をやめたくなる。

それで私は出掛けたのだ。気分を変えるために。知人の知人が図書館の回廊部分の床に、モザイクを作っていて、それが八分かた完成しているので、それを見に行こうという。

暑い現場であった。低い椰子の幹を組んだ支えの上に、椰子の葉をわずかに載せて日陰を作った床の上で、数人の職人が埃まみれになって仕事をしていた。

床には既に「信仰」「希望」「慈愛」が完成していた。「慈愛」は子鹿を抱いた乙女である。そして今、そこには「思慮」が描かれようとしていた。水辺の老人と壺を持つ乙女であった。老人は「思慮」の故に堂々と年を取り、乙女は「思慮」を、手にした壺の中に汲《く》みに来たのだろう。

「金は誰が出したのかね」

同行者が監督に聞いている声が聞こえる。

「ティマルコスだよ」

その男のことなら私さえ耳にしたことがある。アンティオキアと、その姉妹都市のラオディケア・マリティーマは、ゆりとゆりの油の産地である。ゆりの油は、昔から「シリア油」とも呼ばれて薬として使われている。それも非常に高価なものであった。そのあたりの野生のぶどうからは、薬用のオイナンテも採れる。しかもアンティオキアのは、最高級品であった。ティマルコスはこれらの儲けの大きい商品の他にも、周辺の森林からパン屋が使う薪、建材として重用されるダフネの糸杉、などを大々的に扱って富を築いた男であった。

　私は現場で働いていた労務者の一人に眼をつけた。どこにでもいそうな痩せた若者である。しかし素人目にも、手先が恐ろしく細やかだ。監督が長年にわたって信頼して使っている男なのだという。彼は耳が聞こえないから、唖でもあった。しかし他の労務者たちが、こちらの様子を見ながら怠け怠け働いているのに比べると、彼は音が聞こえないので、私たちの来たことさえ気づいていないらしく、既に並べられている小さなタイルの破片を張りつけることに、意識を集中していた。

　ふと私は、我々ユダヤ人が「メツォラ」と呼ぶ悲惨な皮膚病に、彼だけはかからないだろうと思った。なぜなら「メツォラ」は「モツィ・ラア（悪意を語る人）」から来たと信じられている。モツィ・ラアという言葉を早口で唱えると、メツォラと聞こえるようになるから、私たちは「人を中傷したり、陰口をきいたりすると病気《メツオラ》になるよ」と女や子供たちに諭すのだが、あまり効果はない、という感じだ。

　しかし彼は黙々として働いている。彼は口もきけないし、読み書きもできないから、家族（がいれば話だが）くらいしか、彼の意思を身振りから察することのできる者はいない。しかし彼は、神から命じられた掟を守っている。あやふやなことを語ってはいけない、という命令に従っているのは彼くらいなものだ。ただ人間に必要な優しい言葉を口にできないという苦しみを神は察しておられるだろう。こういう誠実な男を、神があわれまれないわけはない。

おかしなものだ。図書館のモザイクを見に行って、あの若者を見て帰ってきたら、急に私の翻訳はすらすと進むようになった。

「子よ、善業を行うときは、相手をとがめるな。
どんな贈り物をするときにも、相手を悲しませる言葉を口にするな。
朝露は暑さを和らげるではないか。
そのように、言葉は贈り物に勝る。
言葉は高価な贈り物に勝るではないか」

マンションの玄関に聡《さとし》を送り出す時、上野菜穂《なほ》はドアの外まで出て、青年の後ろ姿を見送った。青年も、二、三度振り返り、大きく手を振ってエレベーター・ホールの方に歩き去った。ほんの三十秒ほどの見送りであった。

それなのに、菜穂が玄関のドアを後ろ手に閉めた時、中からはさっきまで気配もなかった煙草の匂いがした。

「今日は驚いちゃった」

煙草を吸っているのは、白と黒の千鳥格子のスラックスに真っ赤なポロシャツ風のセーターを着た中年の女だった。若作りだが、腰にもお腹にも丸く肉がついている。一方、青年を送って出た菜穂は、もう六十代の初めだった。髪を染めていないので、痩せた頬がなおいっそう年寄り染みて見えた。

「どうして？」

「だって、あなたに、騙されたらだめよ、って言いに来た当の相手と鉢合わせをしたんだもの」

真紅のセーターは心持ち眉をひそめるようにした。

「あの人、長くいたの？」

「そうね。まあ、小一時間かしら」

「しかし、よくもまあ、白々とね。あんなふうにして時々来るの？」

「今日は母の日だから。毎年来るのよ。それと私の誕生日の前後に……」

菜穂は四十代の初めに夫と死別した後、当時十八歳だったひとり息子の稔を連れて再婚した。二度目の夫にも一人だけ十二歳になる息子がいて、それが今日母の日の赤いカーネーションを持って訪ねて来た聡だった。

二人の男の子たちは、しかしついに表向きだけにせよ義理の兄弟という家族の形を作ることを拒否した。聡は当惑していただけだったが、はっきりしていたのは稔で、その年大学に入ったのを幸い、下宿してほとんど母の家に入ることはなかった。大学が東京の近郊とは言え、うちからは通いにくいほど遠かったからでもあった。

聡の方は小学校の六年生だったから家にいたが、菜穂の前ではおとなしいのに、外に出るとけっこう小生意気な口をきく、裏表のある子だ、という評判だった。聡は高校を出ると、ハンバーガー屋でアルバイトをしながら、浪人して大学へ入ると言っていたが、傍目《はため》にも勉強をしている様子はなく、ほとんど毎晩夜中にしか帰らない生活をするようになった。

その頃、菜穂の二度目の夫の最初の癌が発見されたのである。結婚してまだ六年が経ったばかりだった。それから五年間、夫婦は癌となしくずしの戦いをすることになった。

再婚の夫が死んだ時、聡は二十三歳だった。大学に入る気は初めからなかったらしく、アルバイト先のハンバーガー屋がやっと本採用にしてくれ、どうやら食えるようになったことを喜んで、おもしろおかしく暮らしていた。稔は二十九歳でもう銀行のニューヨーク支店に勤めていたから、義父の葬式にも帰らなかった。

家族は完全に一人ひとりになっていた。再婚の夫が亡くなっても、実子の稔は母との距離を近づけようとはしなかった。菜穂はほとんど息子のことを喋らなくなった。話そうにも、会うこともなく、電話も手紙も来ないのだから、話題がないのである。今日訪ねて来たのは従妹《いとこ》の逸子で、事情を知っている彼女にだけは時々本心を明かすこともあった。

「稔は、私が再婚したことをずっと罰し続けているのよ」

と菜穂は言っていた。

菜穂は、五年ほど前、中野を歩いていて、偶然、今まであまりその存在を意識することもなかったハンバーガー屋の前で、ぱったりと義理の息子と顔を合わせた。その店で聡は店長代理をやっていると言い、菜穂に店のハンバーガーをおごってくれた。菜穂はそういう若者向きの店でハンバーガーを食べるのは初めての体験だったが、「なかなか美味しいものね」と言ったのは決してお世辞ではなかった。「お義母《かあ》さん、またいつでも来てくださいね。いつでもおごるから」という言葉も嬉しくて、それからしばらくすると、近所の奥さんを誘ってでかけた。もっとも、その時は聡の顔は見えなかったし、菜穂も義理の息子におごられる気はなくて、二人分を払って帰った。近所の奥さんに「奥さんは、こういうとこで食べるなんて、気が若いのね」と言われたことも嬉しかったし、いつのまにか、密かに聡の働くその店を応援する気分になっていた。

その年の母の日に、聡は初めてカーネーションの花を持って、菜穂を訪ねて来た。

「今日は赤いカーネーションが一年で一番高くて、しかもいいのがないんだって」

と聡はがっかりしていた。しかし菜穂は嬉しかった。萎《しお》れる寸前のような花がいっそう義理の息子の思いを伝えているようだった。菜穂は三万円を包み、「お小遣いよ」と言って義理の息子に渡した。

「聡って、ああいう子だったのか」

居間に戻った逸子が、ソファに腰を下ろしながら煙草の煙の中で言うのを、菜穂は「ああいう子」というのは「どういう子」だと思ったのだろう、と考えていた。ほんの数分、すれ違いに挨拶したくらいで、一人の人間がわかるわけはなかった。

「男の子のくせに、髪染めて、耳にピアスの穴開けて……」

「流行なんでしょう。最近の若い人の……」

「でもまともじゃないわよ」

「いいんじゃないの？　今まさに水商売やっているんですもの」

「関係なければいいのよ。赤の他人なら、どんなでも。でもあの人、何も毎年麗々しく母の日や誕生日に訪ねて来なくたっていいんじゃないの？　あなたの財産狙いだって言っている人もいるんだから」

「誰がそんなこと、言ったの？」

「根岸の叔母さん。あなたが、聡と養子縁組をしようかと思うって、相談しに行ったんでしょう？　その後、うんと心配してた」

逸子が今日やって来たのも、そのことだったか、と菜穂は筋が読めてきたように感じた。

「相談なんか、しに行かないわよ。話が出たからちょっとそんなこと言ってみただけ。それに財産なんて、この小さなマンションと僅かなお金だけだから、死んだ後まで残ってますかね」

自分でそうしたければ、さっさとそうするまでであった。しかしまだ聡を法律上の養子になどしているわけではない。

「でも叔母さん、菜穂は、あの聡って子にたぶらかされてるんじゃないかって言ってた……口のうまそうな子だっていうのほんとだ。数分間でよくわかったわよ」

帰りがけに聡は「お義母さん、背骨が悪ければ、かならず整体の先生に続けて行ってください」と言って靴をはいたのである。それを逸子は、口のうまい、すれた青年だと判断したのだろう。

「たぶらかされてはいないけど」

菜穂はちょっとためらったが、言葉を続けた。

「逸っちゃん。私このごろ、別な心境になったのよ。黙ってるけど実は真心があるなんて嫌いになった。嘘でもいいから、優しい方がいいの。財産狙いでもいいから、訪ねて来てくれる方がありがたいのよ。私ね、優しい言葉がほんとうに好きになった。口先だけでもいいの」

「あんたは、それ、稔ちゃんに当てつけて言ってるの？」

菜穂は黙っていた。

「稔ちゃんだって、私がニューヨークに行った時、あんたへのハンドバッグ言づけて寄越したじゃないの」

去年の冬、確かに菜穂はそれを受け取り、実の息子にていねいな礼状は出したのであった。

「でも、私は贈り物より言葉の方が好きよ」

菜穂は言った。

「根岸の叔母さんに会ったら言っておいてよ。菜穂はこのごろ、すっかり呆《ぼ》けてきて、優しい言葉をかけてくれる人にころころたぶらかされるようになってます、って」

前掛け一枚分

爽やかな朝を期待していたのに、今日のアレキサンドリアは寒くて風も強い。妻は海の方を眺めながら、今日あたり、セオフィロスを乗せた船が着くのではないか、と私に言った。

セオフィロスは我が一族の中でも、誇るに値する青年である。彼はその家系の歴史を継いで金細工師なのだが、その造形的、技術的才能は、祖父よりも父よりもはるかに秀でているという評判である。実際、人がその祖先から受け継いだ職を継ぐということは一つの偉大な知恵である。人間は短い一代こっきりの人生の間では、ほとんど何もなし得ない。子供の時から数代にわたって蓄積して来た知識をいち早く継いでいるということは、すばらしい恩恵と言うべきなのだ。

エルサレムの神殿には、モーセの時代から伝わっていると言われる巨大な乳鉢がある。それで香を練るのである。ところがその大切な鉢に、或る時大きな罅《ひび》が入ってしまった。彼の曾祖父はその修復のためにエルサレムに呼ばれた。また神殿には、実に優雅な音を立てて鳴る鐘があった。彼の父は、その鐘が割れかけた時、やはり修復のためにエルサレムに招聘《しょうへい》されている。

そして今度はセオフィロス自身の出番である。神殿には巨大な賽銭箱《さいせんばこ》があるが、その飾りの部分がとれたのを、修復することを頼まれたという話だった。それが主な目的だが、彼にとっては、エルサレムへ行って神殿に詣でるというそのことが、重大な意味を持っている、と私は思う。エルサレムを見れば、彼は自分が父祖から伝えられたものを感じ、仕事にも一段と進歩が見られる、と私は思うのだ。

今日、私がギリシア語訳に取り組んでいる偉大な祖父の著作『ベン・シラの知恵』の部分は、たまたま限りなく優しい個所であった。私は胸に応えるような思いでそこを読んでいた。しかしいつも感じることだが、祖父の文章は、決してむずかしくなく、平易でいて奥が深い。そして私が思うに、明晰であるということは優しさと不可分の関係にある。

祖父はこう書いているのだ。

「憤りと怒りもまた憎むべきもの。
罪深い者はこれを備えた教師である。
復讐する人は主から復讐を受けるはめになる。

主はその罪をいつまでも記憶に留めておられる。
隣人の不正を許せ。
そうすれば、お前が祈る時、お前の罪は許される。
人が人に対して怒りを抱くならば、
どうして、癒されることを、主に求めることができようか。
人間同士、憐れみを示さないで、
どうして、自分の罪のために祈ることができようか。
人は肉にすぎない者でありながら、なおも怒りを抱くならば、
誰が、その罪を許すことができようか。
お前の臨終を思い、敵意を抱くな。
腐敗と死を思い、掟を守れ。
掟を思い、隣人に対して怒るな。
いと高き者の契約を思い、人の過ちを見逃せ」

祖父はよく見抜いている。憤りと怒りに限ってしつこいものなのだ。だから罪深い者はそれをエンクラテースしている。つまりしっかりと握って放さない。必要のないものに限って、しがみつくのが人間だ。これは皮肉を通り越して、人間の第一の特徴は、愚かさだということなのだろうか。

祖父は「お前の臨終」を思えと言う。こういう言葉にかけては、ギリシア語はす

ばらしい感覚を持っている。その語彙《ごい》の種類と、意味する所から湧き出る泉の水量の豊富さに自信と喜びを持って、翻訳できる。私はそれを「タ・エスカタ」と訳した。エスカトスというのは、空間的には果てにあるもの、時間的には最後に来るもの、という大らかな意味だ。そして死は最後の「わざ」なのである。

死の前に、人間は他人を許さねばならない。憎しみを持ったまま死んではならない。それは相手のためではない。自分のためなのである。

許すことには、時間もお金もかからない。だから簡単なようだが、それが一番むずかしい。しかしいと高き主と、私たちは契約、ディアセーケー、つまり「約束」を結んだのだ。人を許しますと。

こんな恐ろしいことを祖父はたった十六行ほどの文章の中で書いた。祖父はさだめし、生きて満ち足りた仕事をしたという実感を持って死んだことだろう。私はふと自分の胸のうちに空洞を感じて、今日の分の仕事を切り上げることにしたのだ。

下桐季世子《しもぎりきよこ》が、もう十年も会わなかった大学の同級生の世良敦子《せらあつこ》が山陰の田舎で急死したことを知ったのは、三月の初めであった。

電話をかけて来たのは甥の悌二郎《ていじろう》という人で、町田市の方の水道局で働いている若い青年であった。

「いつ!?」

もう六十歳を過ぎているのだから、いつ死んでもおかしくはない年なのだが、病気という話も聞いたことがなく、一人で田舎の家で野菜や花を作って暮らしているとばかり信じこんでいたのだった。それに季世子自身、夫婦で生まれて二度目のヨーロッパ旅行に出ていたので、別のルートで誰かが知らせの電話をかけてくれても、誰も応答に出る人がなかったのかもしれなかった。

「それが本来ならすぐお知らせすべきでしたが、伯母のずっと前からの希望で、遠方のお友達には葬式が終わってからゆっくりお知らせするように、ということでしたので」

敦子は、そういう感じの人でもあった。それに敦子の生家はキリスト教であった。学生時代に季世子は敦子の家に遊びに行くと、一家が食事の前に祈るので初めは何となく落ちつかない思いをしていたものである。しかしそのうちに自分も結婚して子供ができたら、毎日食事の度にその小さな手を合わせて「神さま、今日のご飯をありがとうございます」と祈るようにしたい、と思うようにもなっていた。

敦子は夫の永大《ながひろ》と、彼が東京の大学に来ている時に会った。永大は敦子に夢中になり、家を継ぐために山陰に帰ることは認めてほしいが、彼女自身の信仰は、結婚しても続けて差し支えないというのが条件だったと聞いている。

「何のご病気だったんです?」

「それが肺炎と心不全ということになっていますけれど」

言い残している部分がある、という口ぶりであった。

「電話では何ですから、よろしかったら、今日ちょっと帰りに、立ち寄らせていただいて……と思いますが」

悌二郎のことを敦子は、悌ちゃんと呼んで息子のようにかわいがっており、東京へ来ると、悌ちゃんと季世子にだけは会って帰る、というのがしきたりだった。

「どうぞ、そうしてください。あそこのお宅はキリスト教だから、四十九日とか何とかそういうのはしないわけなの？」

「いや、まあ田舎のことですから、亡くなった後は、適当に仏教風にやっているのではないか、と思いますけど」

何かあったのだ、と季世子は察していた。

敦子の夫は、かなり以前から、よそに女がいた。地方銀行に勤めていたのだが、単に勤め人というのではなく、持ち株もあれば、山林も持っている。先祖から伝わった骨董もあって、何となく、旧家の旦那がすることはまあ仕方がない、という気風があたりになくもない。敦子自身は東京生まれ東京育ちで、大恋愛の末、山陰の田舎に帰ることを納得したはずだったが、周囲のそういう気風には何度煮え湯を飲まされる思いをしていたかしれなかった。しかし夫婦の間には子供ができず、そのうちに夫には長く関係の続いている女がいることもわかっており、さらに向こうには子供も生まれていて、世間的にはそちらの方が普通の家庭のようになっている、という打ち明け話はずっと前から聞かされていたのだった。

それなら、いっそのこと離婚したらいい。もらうものはしっかりもらって、後は冬中太陽が燦々《さんさん》と輝く東京で、気楽に身軽に楽しいことだけして暮らしなさいよ、と季世子はけしかけたこともあった。

しかし夫は、週の前半は、まだあちこちの名誉職をしているので、そういう会合に出席する時には、やはり敦子のいる家の玄関から出て行きたいらしい、と敦子は言う。外の女とその子供たちは、近くのH市でマンション暮しなのであった。

「そんなの、都合のいい見栄じゃないの。そんな身勝手な話に、言いなりになってることはないわよ」などと言いたいことが言えたのも親友だからである。しかし週に四日でも夫といたいのだろうか、と思えば、とにかく夫婦の軋轢《あつれき》に口を差し挟むくらい余計なお世話はない、ともう二十年近く思って来たのだった。

鰻を取るから、ご飯は食べないでいらっしゃい、と電話で言ったので、悌二郎は七時少し前に、苺の箱を土産にやって来た。

「どこで亡くなったの？」

お絞りを出すと、季世子は尋ねた。

「病院？　うちで？」

入院していたのだったら、見舞いに行けたのに、とまだ心残りがあった。

「いいえ、家なんです。というか家の裏の崖になってる所に、井戸があるでしょう。あそこです」

雪の降り出した金曜の夜であった。もちろん異変に気づいた人は、その夜はもちろん、その翌日もなかった。新聞配達員が、日曜の朝になっても前日の新聞がそのままになっているので、そのことを不審に思ったのだが、以前にも敦子は一人で東京や、時には一泊で京都へ遊びに出るようなこともあったので、首を傾げて手を出しかねていた。

しかし日暮れになって、どうしても不安にとりつかれたままの新聞配達員が近所の人に言い、何人かがあちこちを探すと、敦子は半分雪に埋もれるようにして崖の途中で死んでいた。

「伯母はお茶を入れる水に煩《うるさ》い人でして、よく井戸まで水を汲みに行っていたんです。雨の日でも傘差して出て行くような人ですから、大雪にならないうちに汲んで置こうと思って、そこで石段で足を滑らせて頭を打ったんじゃないかと、僕も思っていました」

「でも、違ったの？」

「これは、下桐の小母《おば》さんにだけお話ししますけれど……そして別にこれは犯罪じゃないし、誰かに殺されたというんじゃないから、いいんですけど、田舎は煩いとこですから、僕たちは誰にも言わないことにしてるんです。伯母は、一種の自殺をしたと思うんです」

「どうして？」

「村の駐在巡査という人は、僕の父と小学校時代からの悪友です。小学校の下級生の頃は、あれだけ頭の悪い奴は珍しいと思っていたら、だんだん、あれだけ性格のいい奴も珍しいし、肝っ玉の据わった大人物で、しかもかなり秀才だということまでわかって来た人なんだそうですが」

悌二郎の言い方に釣られて、季世子はちょっと笑った。

「現場を見た人は、慌てて伯母を助け起こして、すぐ座敷に運んだらしくて、それで医者だの、救急車だのという騒ぎになりました。細かいことは僕にもわからないんですけど、とにかく変死ですから、父の同級生の駐在だけでなく、県警の人もやって来て、雪の中で伯母が亡くなっていた場所を調べたんだそうです。そしたら、崖の途中の道の、ちょうど伯母の遺体の頭があったあたりに、伯母がいつもしていた縞《しま》の前掛けがおいてあった。それも二つに折って、くるくる巻いて、ちょうど小さな枕になるようにしてあてがってあった」

「ということは、ただ足を滑らせて、頭を打って、それっきりになった、ってことじゃないのね」

「そうだと思う、とその駐在は父に言ったんだそうです。これは覚悟の自殺だぞ、って。雪の中で、伯母はちゃんと枕を整えて寝たんですよ」

「なぜ、なの？　H市の別宅のことは、もうずっと前からわかってたことでしょう？」

「それをうちの父は言うんです。父はあの兄弟の末弟ですから、一人前扱いされてなくて、だから伯母なんかも気楽に父には昔から口きいてたところがあるんだそうですけど、伯母のいけなかったのは、よそに女のいる夫を無理やり許そうとしたことなんだそうです、父に言わせれば……」

「キリスト教徒として？」

「でしょうかどうか僕にはわかりませんけどね。しかも向こうに生まれた子供たちには、別に罪がないんだし、子供たちにも週末には父親を与えてやるべきだ、なんて理性的な判断をしちゃう。しかし理性はそうでも、心情はついて行けないんですよ」

「遺書はなかったの？」

「遺書を残すような野暮な人じゃないだろうと思いますよ。伯母はあくまで事故に見せかけたかったんですよ。でも畳んだ前掛けで、わずかにそれに抵抗したのか、それは全く伯母の失策だったのか、僕にはわかりません」

「あの方は、善意の人でしたからね。そして善意というのは無理をしてるから善意の人なのよ。心から善意の人なんていうのは、むしろばかなのよ」

「小母さんもかなりはっきり物を言いますね」

「前掛け一枚分くらい反抗してよかったわ」

季世子は言った。

「完全に許したりされると、私、いやよ」

「ほんとうですよね。おっしゃる通りです。煩悩だらけの人間なんですから」

台所にその時、出前の鰻屋の威勢の悪い声がした。

最後の飛行

今日は安息日《シャバット》なので私たちユダヤ人は仕事をしない。妻が昨日のうちに料理しておいた食べ物の並ぶ食卓に着くと、妻はおもしろいことを言った。

朝方、我が家の鳩小屋を修理するための干乾煉瓦《アドベ》を持って来た男が、彼女に「今日は体の具合はいかがですか？」と聞くのだという。そんなことを彼が言ったことがないので、いぶかしく思いながら、

「別に悪くはありませんよ」

と答えると、その男は、

「でも旦那は悪いんじゃないんですか？　旦那は仕事をしないでぶらぶらしているじゃないですか」

とめざとくうちの様子を見ながら言うのだという。

「病気じゃありませんよ。安息日だから会堂《プロセウケー》にお祈りに行った後は休んでいるのよ」

と彼女が答えると、

「だから胃が悪いんでしょう」

としつこく言ったらしい。

「いいえ、夫は元気よ」

性格として彼女は後に引かない方だから、さぞかしおかしな会話だったろう。なぜこの男が、私が胃が悪いと決めつけているのか、妻には全く見当がつかなかったらしい。

しかしこの男と少し話してみると、彼はもうずっと前から、ユダヤ人たちは、毎週同じ日になると、胃腸が悪くなるものだ、と信じていたという。そんなバカなことを、と妻は笑いだし、

「あなたたちだってそうでしょう。たくさん食べればお腹は悪くなります。しかしうちの夫は節制しているから、めったに胃腸が悪くなったことなんかありません」

と答えると、びっくりしたような顔をした。

妻に言わせると、びっくりするのは彼女の方で、どうしてエジプト人たちがそんな奇妙な知識を疑いもせずに信じていたか、今さらながら驚いたらしい。しかし男に問い質《ただ》すと、私たちの安息日という言葉から、間違いなくそうだと思っていたの

だという。エジプト人たちの言葉にシャバットによく似ている「サバトーシス」という単語があるのだ。それは胃が膨《ふく》れる、というような意味なのである。だから、彼らエジプト人たちは、我々がシャバットを過ごすと聞くと、ユダヤ人というのは奇妙な人種で、安息日になると胃が膨れる、と思ったらしいのだ。というか、週に一度は決まった日に胃が膨れるので、その日は胃を休ませるために安息する日に当てている、と今の今まで思い込んでいたのだ、という。

まあ、世の中なんて、こういうものだ。他人のことはほとんど知らないのに、知っていると思って、そのことについて本気で怒ったり心配したりしている。

ユダヤ人には、まじめ過ぎる性格の人が多くて、ほとんど笑ったこともないという老人もいるが、私と妻はよく笑う。私が冗談好きだからだ。今日のエジプト人の質問なども、恐らくこれで一週間は笑える。

それというのも、笑って楽しく過ごすというのは私の家の家風とも言えるからだ。偉大なる祖父、ベン・シラが人間は楽しく過ごさねばならない、とその著作『ベン・シラの知恵』の中で何度も言っている。私はその個所を昨日訳し終えたばかりだ。

「お前の心を悲しみに渡し、
思いにふけって自ら悩むな。
心の喜びは、人の生命であり、
快活は人の寿命を延ばす。

気晴らしをして、お前の心を慰め、
悲しみをかなたに追い払え。
悲しみは、多くの人を滅ぼした。
悲しみに沈むことは、なんの役にも立たない。
ねたみと怒りは寿命を縮め、
心配ごとは老衰を早める。
朗らかな心は食欲を増す。
そして人は、食べ物にも心を配るようになる」

とにかく性格が明るいのだ。祖父はいつも明るかったように見える。しかし彼の実生活に陰りがなかったことはない、と私は父から聞いていた。彼の息子の一人は生まれた時から歩けなかった。娘の一人は、結婚してすぐ夫を失った。不幸な息子と娘は、いずれも父の弟妹のことである。

この文章には、むしろ祖父の苦悩が見え透いているように私は感じる。この文章は、決して幸運だけに酔った男の書いた説教ではない。道徳を振り回すのは、私たちの家系の趣味ではない。祖父は、どんな不運の中でも、人がとにかく生き抜かなければならない、という現実を承認したのだ。それを嘆いてみたところで、不運が去ってくれるわけでもない。暗い顔をして生きるのも人生なら、明るく生きるのも同じ人生だ。どちらが自分と他人《ひと》にとっていいことか？

この前後の文章を細かく翻訳していると、私はそこに祖父の息づかいのようなものさえ感じるのだ。祖父はこの辺の文章で、私が「エウフロシュネー」と訳した「喜び」という語を四十回も使っているのだ。

「快活は人の寿命を延ばす」と言った後で、祖父は快活になる方法も教えている。悲しいことがあった時、何もせずにどうして人は快活になれよう。人間はそんなに強いものではない。

祖父はその時「気晴らしをせよ」と言ったのだ。私はその訳語に「アパタオー」という言葉を当てることにした。それはまあ、言い換えてみれば「退屈を紛らす」というようなことだ。ユダヤ人はそういう場合、あまりことを上手に解決しない。ユダヤ人に比べたら、このアレキサンドリアに住む他のあらゆる連中はうまくやっている。祖父はその点で、ユダヤ人の中でも少し変わり者だったのかもしれない。いやそういう言い方も正しくない。真面目なことの好きな民の中からは、時々途方もない悪戯好きみたいな性格も出ることがあるものだ。

「ねたみと怒りは寿命を縮め」とあるが、「怒り」という言葉を、私は「シュモス」というギリシア語に置き換えた。「激怒」という意味だ。私の感ずるところ、静かな怒りは体にいい。それは緩やかに体中の血を動かして、人を生き生きとさせることさえある。しかし激怒はいけない。それは刺《とげ》のように体を駆けめぐりながら、あちこちを刺し貫く。

それにしてもおもしろいものだ。干乾煉瓦を運んで来た男は、生まれた時からこのアレキサンドリアに住んで、我々ユダヤ人の生活を見ながら、安息日の意味も知らなかったというのだ。まあ、いいだろう。このエピソードを聞いたら偉大なる祖父、ベン・シラは大いに喜んで笑っただろう。だから、生きていると奇想天外なことがあるんだよ、と。


琴見真三は、その日会社で、同級生だった松浦新吉から電話を受けた。

「こないだのクラス会で会えるかと思ってたけど、残念だったよ」

と松浦は言った。

「済まん済まん。ほんとに行きたかったんだけど、家内の伯母さんという人が仙台から出て来てね。『もう、あたしが生きてるうちに東京に出てこれるのは、これが最後と思うよ』なんて言うもんだから、つい歌舞伎の切符を買って付き合ったりしてしまうことになったんだ。もっとも僕は、つまり運転手として動員されただけだけど」

「それじゃ仕方がないな」

ほんとは仕方がなくもなかったのである。その伯母という人は、もう十年も前から、来る度にそんなことを言っているが、いまだに死ぬどころか、病気になる気配もなくぴんぴんしているのである。

「今日、帰りにちょっと、会えないか。ほんの十分ほどでいいんだ」

「いいよ。六時ちょっと過ぎでいいかな」

琴見は会社の近くのホテルのバーで会うことにした。そこは松浦の会社とも近いのであった。

琴見は酒を一滴も飲まなくなっていた。三年前に胃潰瘍になってから断酒したのである。しかしコーヒーだけは、一日に三杯を越えず、しかもできるだけ薄いのをという条件つきで、飲むことを許されている。そのバーでは、コーヒーも飲めるから、ビール好きの松浦と会っても、お互いに便利なのであった。

「呼び出して済まなかったけど……実はこないだのクラス会で、珍しく竹部に会った」

腰を下ろすと、松浦は早速そう切りだした。その話がしたくて自分を呼び出したのだ、と思いながら、琴見は心の中で、僅かにうっとうしいような思いが湧いて来るのと闘っていた。竹部に会うのが嫌だから、クラス会に出なかったのではない。琴見は本質的に社交的な性格ではなかった。仕事の上では、最低限の付き合いもある。だから、任務ではない人付き合いは願い下げにしたいのであった。

しかし竹部に対しては、さらにもう一つ重い気分があった。竹部とはほんとうなら、義理の弟として琴見は付き合っていかなければならないはずであった。竹部は、琴見の妹の麗子と結婚している。それも大恋愛の末であった。

竹部正春はパイロットであった。確かに竹部に妹の麗子を紹介したのは琴見なのだが、妹がそんなに竹部を好きになるとは思ってもいなかったのである。表立って反対する理由はないにもかかわらず、琴見は内心ではこの結婚に反対だった。竹部は明らかに、自分とは性格が違った。自分は深く思慮するタイプだが、竹部は職業柄、反射的な行動の軽い人間だと思い、その点を微かに心の中で軽侮していた。

竹部と麗子の二人は示し合わせてアメリカに行き、琴見家の気持ちなど無視して一方的に、結婚します、結婚しました、という知らせを送りつけて来ただけだった。竹部は訓練のために西部の田舎町に滞在しており、麗子は大学からスカラーシップをもらって南部の大学に入学するということで日本を離れたのであった。

それでも麗子がずっと健康であれば、琴見も二人の結婚を裏切りとは思わずに見直す機会もあっただろうと思う。しかし結婚して三年目あたりから、麗子の言動が異常になった。家の中が不潔になり、眼が据わって能面のような表情を見せるようになった。アメリカの医者は精神分裂病《シツォフレニア》だと診断したと、竹部は言ってきたが、その時、琴見の心で荒れ狂ったのは、竹部に対する怒りだった。竹部には女がいるとか、賭け事をするとかいうことを、麗子が苦にしていたことがあったので、琴見はそれが彼女の発病の原因だとしか思えなかった。そう言えば説明できないような不思議な反応を示す微かな兆候がもうずっと以前からあった、とその時、竹部が言ったが、琴見はそれも竹部の責任転嫁のやり方だというふうにしか思えなかったのである。

麗子が入退院を繰り返すようになってから、琴見はもうほとんど竹部と会うこともなかった。麗子はそのうちに余り食べなくなり、さらに三年ほど経った冬に、敗血症と言われて病院で死んだ。

「実は、先月の三日の日の夕方、僕は福岡から飛行機に乗った」

松浦は言った。彼は書類を読んでいたのであたりのことにはあまり注意を払わなかった。ほんの偶然に彼は機内のアナウンスに耳を留め、この便の機長が今日、最後のフライトを飛んでいる、ということを聞いたのだった。その機長の名前は竹部正春だった。

「そうか、と思ったね」

松浦は言った。

「まあ、健康でよかったじゃないか」

琴見は言った。とにかく長い年月会ったこともないのだから、おざなりかもしれないがそう言うより他に言いようがなかった。

「僕もそう思った。竹部もよかったけど、何万時間だかその時間聞き漏らしたけど、長いフライトの間、事故もなく彼の飛行機で無事に運んでもらった乗客のことを考えると、よかったと思ったね」

「それはそうだ」

その夕暮れには、一人の機長のラスト・フライトを祝福するように茜《あかね》色の夕映えも充分だった。海は光り眼下の町はもやに抱かれていた。松浦は思いついて名刺に祝いの言葉を書いて通りかかりのスチュワーデスに渡した。「偶然乗り合わせた。長年、おめでとう。いい仕事をしたな」とそれだけであった。

その名刺は竹部の手に届けられたとは思うのだが、その後松浦には竹部から何の応答もなかった。そしてクラス会で初めて彼は、ひさしぶりに出て来た竹部から「名刺をありがとう、残務整理に追われて、礼の手紙も書けなかった、君の名刺はずっと大切に取っておく」と礼を言われたのであった。

「そのクラス会の帰り、僕は初めて竹部と話した。一時間ほどだったけどコーヒー屋に寄ってさ、あれ以来のことを喋《しゃべ》った。あいつも君には話せなかったことだろう、と思う」

琴見は黙っていた。

「麗子さんが死んで、一月くらい後だったんだそうだ。彼は夜、飛んでいて、行く手の空に麗子さんの横顔を見たんだそうだ。幻覚じゃない。月明の夜空というのはかなり明るくて、その中で行く手に巨大な胸像みたいに見える雲が浮かんでいる。それが、麗子さんの横顔、というか、それも笑顔のシルエットにそっくりだった。その時、初めて彼は、ああ、これからはいつでも麗子といっしょに飛べる、いつでも麗子に見つめられている、と思ったと言うんだ」

それは体裁の良すぎる話のような気がしたので、琴見は黙っていた。

「その頃は寂しくて、心が凍りそうだった、って。家に帰っても、冬なんて家の中は冷え切っていて、誰もいない。ほんとうに悪夢を生きているようだった、らしいな。それまでは、病院に入った麗子さんと、まともな話はできなくなってて寂しいと思ったこともあったけど、けっこう退院してくれれば最後までセックスのつながりもあって、それが麗子を治すんじゃないかという一縷《いちる》の希望にもなってた。だけど、死んだ後はどうやって生きたらいいかわからなくなっていた、って」

それはみごとな夜であった。麗子の横顔を見せた雲のまわりにはすでに星が輝いていた。それも低いところまで、麗子の肩のあたりまで星は飾っていた。

ふと竹部は、自分をパイロットとして完全に働かせるために、麗子は自分を犠牲にしたんじゃないか、という気がした。

「それはどういうこと?」

「それまではやはり、麗子さんはいろいろ文句を言ったらしいよ。もう少し勤務を少なくできないのか、とか、こんなに離れて暮らすようにしておく会社が悪いとか。病気も始まっていたから、そんなことを言ったんだろうと思う、って竹部は言ってたけど」

「気の強い女だったからね」

「だけど、その時からもう竹部は不思議と寂しくなくなった。どこにいても麗子の気配がする。パイロットというものは、あの澄んだ夜空に引っ張られて仕事を続けている面もあるんだけど、その夜空いっぱいに麗子の存在の気配がある、と思えたんだって。しかし、その後がいいんだ。あいつらしかったね。君は怒るかもしれないけど」

「――」

「それからは、竹部は楽しくやることにした、って言うんだ。女もいた。賭け事もやった。酒も適当にだけど飲んだ。麻雀、スキー、ゴルフ、他に何だったかな」

「ダイビングとハング・グライダーだろう」

「ああそんなことも言ってた。いつどうなって死んでも、麗子に会えるからいい。一日めいっぱい働いたり楽しんだりした後では、毎日必ず麗子さんに、今日あったことを報告するんだって。女のことも、賭ですった話もだとさ。『写真に向かって？』って僕はまあ、思いつきで聞いたんだよ。そしたら胸のポケットから写真を出して来た。古い写真だからよれよれくたくたさ。『若い女房になっちゃって』って、ほんとだよな。あいつは不思議なことに白髪がないんだ。染めてるんでもないらしい。白髪ができない家系なんだって」

「楽しくやってたんだな」

琴見は言った。

「ああ、そうらしいよ。君は不愉快かもしれないが」

「そんなことはないよ」

「麗子さんは死んだ後で、生きたみたいなところあるね。『麗子と相談して決めた僕の生き方だったから』って竹部も言うんだ」

「よかったよ。元気でよかった。竹部が一生元気でないよりは、元気な方がよかった」

「長く生きると、時々、まともで自然な話も聞けるもんだ」

松浦はぽつりと呟いた。

模型飛行士

偉大なる祖父、ベン・シラの書物について、私は今までにどれだけ多くの毀誉褒貶《きよほうへん》を耳にして来たことだろう。

孫の私のところへも、エルサレムからのさまざまな噂が流れて来る。その多くは、ラビたちが祖父の書物は「手を汚していない（聖なる書物ではない）」と言って認めない方向にあるというようなことだ。もちろん、誰それが、祖父の書物をいつも引用している、という話も聞こえてこないではない。しかし認めるというより認めないという態度を取る方が権威を示し易いから、否定する人も出るのである。

しかし否定よりも能弁なのは、時々、ヘブライ語のままで書き写された祖父の本の写本を見る時だ。書物などというものは、他人の批評を待つより、自然の時が厳正に判断するに任せた方がいいのである。もし書物が或る力を備えているならば、いつかはその力が自然に顕《あらわ》れる。

　おかしな話はたくさんある。公の席では、ベン・シラなんか認めないと言っているラビ・Eが、個人的に喋っている時に「人はその姿によってわかる」とか、「歩く姿から人柄の察しがつく」という言葉を口にしたのだそうだ。それを聞いた私の知人はその瞬間、「おや、これはどこかで聞いたことがある言葉だ。そうだ、ベン・シラがそう書いていたのではなかったか」とは思いついたものの、まさかEがあんなに否定している書物を引用するとは思えないので、しばらくはE自身が思いついたことなのかもしれないと思って聞きながしていた、というのだ。

しかししばらくすると再びEが、「『不幸のうちに幸福をみつける人もあれば、掘り出し物で損をする人もある』というからな」と言ったというのだ。それはもう明らかに祖父ベン・シラの言葉だから、その人は後で二の句が継げなかった。

　アレキサンドリアの港では、最近ちょっとした騒動が起きていた。ここのところその話題で持ちきりなので、この話はいささか増幅して私の胸に響いた観がある。

　騒ぎというのは、決してこれが初めてではないのだが、パレスチナ向けの小麦が、途中で止《や》まってしまった商談のために、山積みになったまま港に放置されているというのだ。

　穀物の袋は波止場に放り出されたままになっており、盗もうとする奴に野犬が嚙みつき、野ざらしにされた袋からこぼれた麦は、空を覆うほどの鳥の群れが略奪をほしいままにしているという。

どうしてそういうことが起こったかというと、その小麦の受け取りをパレスチナのユダヤ商人が土壇場になって拒否したのである。理由は、小麦の梱包装置の一部が、小麦に穢《けが》れを与えるようになっているので、輸入してもまともなユダヤ教徒は食べられなくなっているというのだそうだ。少なくともそれが買い主側の言い分だという。

正直に言って、こういう言いがかりは、アレキサンドリアではあまり実感をもって受け取られない。ユダヤ人はいつもこうだ、と人々の非難の眼差しが能弁に語っている。祖父の著作に言いがかりをつける人たちと、この小麦の商人とは、どこか似ているような気がするのだ。

祖父の書物を私のようにていねいに読めば、祖父は自分の使命を充分に知りつつまことに謙虚であったことがわかる。

祖父は、こう書いている。

「わたしは、川から引かれた掘割りのようであり、

庭園に引かれた水路のようである。

わたしは言った。

『わたしの果樹園に水をまき、

花園を潤す』

見よ。わたしの掘割りは川となり、
わたしの川は海となった」
掘割りそのものは乾いた地面の割れ目に過ぎない。しかしそこにもし知恵そのものの
ような信仰の水が流れ込めば、掘割りは命を伝えるものとなり、その水流は生
命の喜びに震えるものとなるであろう。祖父は己が任務をよく心得ていた。決して
思い上がることはなかった。彼はこう書いている。
「また、わたしは教えを暁のように輝かせ、
その光を遥か遠くまで照り輝かそう。
わたしはまた教訓を預言のように注ぎ出し、
これを来るべきすべての世代に残そう。
わたしは自分一人のためだけではなく、
知恵を求めるすべての人のために苦労したことを知れ」
しかし祖父を悪く言おうとする人は後を絶たない。祖父は三種類の人を嫌った。
「驕《おご》り高ぶる貧しい者、
嘘つきの金持ち、
知性のない、姦通を犯す老人」
「驕り高ぶる貧しい者」というのは、横柄で感謝を知らない者、という意味だ。現
実の生活が貧しい貧しくないは関係ない。「嘘つきの金持ち」は説明も要るまい、

その辺にいくらでもいる。そして「知性のない、姦通を犯す老人」というのは知性のない、いい年をして判断力のない、人生の識別の出来ない老人を指している。

「お前は若い日に、知恵を蓄えなかったならば、
どうして、年老いてから、それを手に入れることができようか」

そして祖父は再びここでも幸福の極限を、こう表現する。

「主を畏れることは、万事に勝る」

今日になって波止場では火事まで加わったようだ。誰かが滞って腐りかけている小麦に火をつけたのだという噂も流れた。その煙が、空を曇らせている。しかし燃え尽きれば、もう何も残らない。むだな仕業だ。それによって愚かな者も報復を受ける。

祖父は既に書いているのだ。

「主の業はすべてよい。

誰も、『これはあれよりも悪い』と言ってはならない。

主は、すべての必要を、それが生じた時に満たす。

すべてのものは、然るべき時に、その良さが認められる。

さあ、心から声高らかに賛美し、主のみ名をほめたたえよ」

祖父の筆には明るさがある。悪いものさえも、神の計画においては役目を担っている、と祖父は信じていたのだ。しかし私はそこまでは納得できない。波止場の煙

一は、やはり私の心を曇らせる。

テレビ局の局員たちの通用口でタイムカードを押しながら、山岡若菜は、受付の女性に何か言っている一人の中年の女を、無意識に見ていた。濃緑のセーターを着て、焦げ茶のスカートをはいている。どこかで見たことのある女性だが、若菜のような仕事をしていれば、毎週数百人の初対面の人に会うから、なかなか思い出せなくても当然、という思いも心のどこかにはあるのである。

しかし若菜が受付の前を通り過ぎようとすると、受付の机から前田智子が「山岡さん、ちょっとすみませんけれど」と若菜を呼び止めた。

「あの、山岡さんの番組で、先週、模型飛行機の東日本コンテストをやったでしょう」

「ええ」

前田智子は古手だから、局のほとんどの人の顔を知っているのだった。

「あの中に、この方の、昔知っていらした方が出ていたんですって。それで、もしできたらビデオを見たい、って……」

よく言われることである。しかしそれ以上に若菜がその相手を無視できなかったのは、つい先日教会のバザーでお互いに名前を名乗りはしなかったが、お汁粉とアップル・パイを売る店で数時間一緒に働いたことを思い出したからであった。

「あの節はどうも……」

「こちらこそ」

「あの番組、お宅のでしょ。だったらテープがすぐ出るかと思って……ちょうど顔が見えたので、思いついて声かけたの。ごめんなさいね」

前田智子は言った。

「お宅、うちのお近くでしょう」

若菜は客に言った。どうせ同じ教会に通っているのだから、家が遠いわけはなかった。

「Y駅の南側で、歩いて七分くらいのとこです」

「うちは北側ですけどすぐ駅前ですから、それなら、うちへ寄ってビデオを見ていらしたら？」

それが一番簡単な解決方法であった。三十分の番組だから、どっちみち夕食を作っている間に、この人にビデオを見せてやれる計算である。

「よろしいんですか？　私、岩倉と申します」

「私、山岡です。どうぞどうぞ。ちょうど帰るとこでしたから」

二人はそれから、何となく知人の噂や、教会の話をしながら、家に近い駅までやってきた。駅前のマーケットで、若菜は小さなステーキ肉とブロッコリと薄揚げと葱を買わせてもらった。

「ごめんなさいね。私は一人暮しなもんですから。岩倉さんは？」

「私も一人です。昔、離婚してそのまま一人です」

相手はちょっと笑ってつけ加えた。

「少し、事情は違いますけど」

「一人ということじゃ、同じだわ。このソファでお楽に。今ビデオ、出しますから」

クリントン元大統領はブロッコリが嫌いだという。どうしてこの素晴らしい野菜を嫌がるのかわからない。若菜は週に三度はブロッコリを茹でていた。食事は夕食一度だけのようなものだから、意外と手を抜かない。二種類の野菜の他に豆類も忘れない。今日は薄揚げと葱の味噌汁、それに冷蔵庫の中でしっかり冷やしてある豆乳も飲むのである。

番組は「この日を目指して」というもので、とにかくその日を目指して一生懸命やって来た人たちの記録である。大きなカボチャ作りに挑戦している人も、犬の自動入浴装置を発明した人もいる。交通事故で片手を失った音楽好きが、何とかして音楽会で自分も拍手を送りたいと思い、拍手と同じ音の出る小さな機械を作って、カーテンコールの時それを鳴らすようにしている。その苦心談もあって、視聴率もそれほど悪くないのである。

「でも、あのミニ飛行機のコンテストは素敵だったわね。私もあれならやりたいと思ったくらい。だけど、お金もけっこうかかるし、それ以上に時間もかかるんですってね」

「そうですね」

相手がソファに座ってビデオが回り始めたので、若菜は安心して、浴室に入りさっさとシャワーまで浴びてしまった。これでほんとうに家に帰って休まったという気分になる。そんなことをしても十分とかからない。ご飯は毎食一膳ずつしか食べないから、これだけは電子レンジで温めるだけの味気ないので我慢している。

それからブロッコリを切って火にかけた。硬めに茹でてホワイトソースとパン粉を振りかけてちょっとオーヴンに放り込む。これっぽっちの手数をかけるだけで香ばしくていい味になる。ステーキ肉はサイコロに切って、オイスターソースを上がりにかけて、チャイニーズ・パセリを散らすのだが、このベトナム風ステーキは客が帰ってから焼きだして充分である。

ちょうど三十分。エンディングの音楽で終わりがわかるから、若菜は、居間に戻って行った。

「ありがとうございました」

客は礼を言った。

「わかりました？　お目当ての方」

「はい、この間は中途から見ましたので、あっという間でした。今日は、確かめたいと思っていた人の顔もよくわかりました」

「あの飛行機、凄いですね。地上を走る時なんか、編隊を組んでも、一機でも、ちゃんとほんものが走っているみたいに重々しいでしょう。何だか人生を感じさせるみたいな飛び方をするんですものね」

「実は、私が昔、結婚しなかった人が、あのミニ飛行機のコンテストに出ていました」

「恋人でいらしたの？」

「いいえ。私の方があんな地味な人は嫌だと思って振ったんです。彼は、自転車屋さんをしていたんです。代わりに私は一流銀行に出ている夫と結婚しましたけれど、ほんとうに卑怯な気の小さい人で、うまくできないことはすべて他人のせいにするという性格でした。

私も少しノイローゼのようになって入院してしまったんですけど、その隙に、先方が息子を置いて行く条件つきで離婚を迫って来たのに応じてしまいました。

で、何にもなくなってしまったんです。お金も子供も家族もなくなりました。当時は健康もめちゃくちゃでした。立ち直るのに、三年かかりました」

「三年くらい大した時間じゃないわ」

「その自転車屋さんをしている人が、番組に出ていたんです。自分で作った対潜哨戒機を飛ばしていました」

「ああ、覚えているわ。凄い精巧なのね」

「あの人、初婚で結婚した奥さんが、子連れの未亡人でした。その話は、他の人から聞いていたんです。そしたら、運の悪い人で、その奥さんが町内会のバス旅行で東北へ出掛けた時、運転手さんが居眠り運転で高速道路で事故を起こしたんですって。奥さんはその弾みで頭を打って意識不明のまま亡くなったらしいんです。

でも彼は血の繋がらない息子と仲がよくて、二人とも、傷口をなめ合うみたいに労《いたわ》り合って生きていると聞いてましたけど、その子供と二人で写っていました」

「そうでしたか!?」

「昔、彼は言ったんです。僕は背伸びして生きたくない。自然な姿勢で、でも少し顔を上げるくらいの感じで、自分の興味のあることをして、自分のテンポで生きていたい、って。私はその時はそういう言葉が、何となく情けなくて嫌でした。でも彼はほんとにそんな感じで陽やけしたいい顔をして生きていました」

「お別れになって何年目？」

「もう十四年になります」

「よかったですね。いい生き方が一つでも見えたってすばらしいことだわ」

「飛行機も重みがあって、結構古くも見えて、すばらしくよくできていました。だって塗料までわざと少しはがしてあるんですもの。ほんとに実戦に出て、苦労している飛行機、っていう顔してました」

「あの番組に出る人ってみんな凝り屋なのよ。とことん、納得するまでやる、っていう贅沢な人たちばかり。川の水面の上を低くゆっくり飛んでたあの飛行機ね。帰って来た時、ちょっとお尻振って、いかにも疲れた、っていう顔してみせてから、おもむろにプロペラ止めたでしょう」

「ええ、そうです。あの演出見ただけでも、あの人は、生きるというのはどういうことかよく見えてた人なんだなあと思いました」

「よく世の中が見えると、威勢のいい甘いことなんか言えないのね」

「そうなんです。私はばかでしたから、それがわかるのに、年をくってしまいました。でも、いい人生があるんだなあ、って安心しました。ほんとうに初対面の者の、あつかましいお願いを聞いていただきまして……」

「初対面じゃないじゃありませんか。それに、視聴者はお客さまですから」

「ブロッコリは茹だりました？」

「ええ。あの味がわかるだけ、クリントンより私の方が眼があると思ってるんだけど……」

二人の女たちは狭い玄関で、一瞬軽い笑い声を上げた。

夜の秘密

今朝は爽やかな日だった。私には時々肘《ひじ》が痛む持病があって、もちろんそれは寝つくほどの病気でもないからさして気にしてはいないのだが、やはり深夜になって骨の芯が熱を持つように痛むのはいやなものであった。痛みの原因は、この翻訳の作業にある、というのだが、不思議なことに昨日から、突然この痛みが全く消えてしまったのだ。

そうなると、偉大なる祖父、ベン・シラの著作のギリシア語訳も、爽やかに進み始めた。しかも今日は、祖父が戒めたことと、現実が同時進行していくようなおもしろい日だった。実は私はここのところ、やりかけていた部分の最後の一行を、肘の痛さが不愉快だったので、一週間以上も残したままだったのだ。その一行とは「名誉を求めて、かえって恥をかくこともある」という、ただそれだけの文章なのだが、言葉の選択がうまくできないままに放置していたものである。

昨日の安息日《シャバット》に、私は肘が痛む上に、熱まであるような気がしたので、会堂《プロセウケー》に行くのを止めて、床に入っていたのだが、祈りに出かけた妻はそこで、おもしろい事件に遭遇してしまった。

人々が祈っていると、階下に少し遅れて、一人の青年が入って来た。あまり見慣れない顔だったという。妻たちは二階の婦人たちの席から、格子越しにいっせいにその男の顔を見ていたのだろう。この会堂の婦人席というものは、私はもちろん入ったことがないのだが、なかなかおもしろい構造である。それは飾り柱が何本も立てられた奥の空間なので、階下の男子席からの視線はほとんど遮られている。しかも中は暗いから、仮に私たちが二階を見上げたとしても、階下からはほとんど何も見えない。視力のいい男だと、そこに婦人たちの何十もの大きく見開かれた目玉が重なって見えるというのだが、私のように視力のさしてよくないものには、そんなおもしろい目玉の集合は見えたことがない。

その若者は非常な美男であった。婦人たちというのはほとんど例外なく面食いである。男が面食いの結果結婚すると、どんなに悲惨なことになるか、ということは、祖父が随所に書いているところである。祖父は端的に言っている。

「ライオンや竜と暮らす方が、
悪女といっしょに暮らすよりはよい」

「悪妻に比べると、どんな不幸もとるに足りない」

「女の美しさに心を奪われるな。

女を慕うな」

「女から罪が始まり、
女のゆえにわれわれはみな死ぬのである」

祖父がこう書いた背後には、自分の親友の悲惨な体験があるからだという。その人は二人の妻をもっていた。そして当然と言えば当然なのだが、彼は表向きは二人を平等に遇していたが、内心では年若い方に魅力を感じていた。

しかし若い妻が実は恐ろしい女だったのだ。彼女は自分が夫の寵愛《ちょうあい》を一人占めにしたかったので、最初の妻を刺し殺したのである。

この話を聞いた時、私の最も大きな興味は、祖父の親友がその年若い妻の処置をどうしたか、ということだった。もちろん夫とこの若い妻との間に、どのような会話があったのかは祖父も知らない。祖父はその時ため息をついて言ったという。

「あれが、考えられる限りの一番いい解決だったのかもしれないよ」

若い妻は、数日後に首を縊《くく》って死んだのである。祖父がその老友を慰めるために訪ねて行った時、親友は夕陽に染まりながら、一人荒れ野に立っていたという。彼には終《つい》に子供ができなかった。彼もいずれは、その荒野の土に還《かえ》って行く。子孫も何も残さずに。この世の虚しさが、祖父の胸に染みた。祖父は慰めの言葉もなく、ただ二人は乾いた大地に並んで腰を下ろしていた。

今私が話そうとしていたのは、しかしそういうことではなかった。これから先は私の醜い心と関係がある。

先にも言ったように、会堂に後から入って来た青年は、非常に美青年であった。背が高く、憂わしげな表情をしていて、婦人席の中は「声もなくざわめいた」という感じだったと、これは妻の話である。

しかし間もなく別の物音が迫って来た。外から誰かが喚《わめ》いている。何だろう、と思って見ていると、やがて会堂守が、会堂の責任者のところへ相談に行き、その結果、長老たち数人が協議して、その美青年のところへ戻ってくると、おどおどしている青年を、納得させて外へ連れ出した。

「その時、彼が上着の下に、紅いきれいな布を隠しているのを、私、はっきり見たのよ」

と妻は興奮している。

「でも、とても恥ずかしいことだわ。ユダヤ人で盗みを働く人がいるなんて、考えられる？　これでまたエルサレムの人たちは、私たちのことをどんなにひどく言うかわからないじゃないの」

エルサレムの連中の中には、たとえば我々アレキサンドリアのユダヤ人のように、ヘブライ語をうまく話せず、むしろギリシア語の方を流暢《りゅうちょう》に喋るのがいるからと言って、ユダヤ人の魂まで失ったように言う人がいる。これはおかしな話だと思うが、ユダヤ人の中にも確かに他人の家で盗みを働くのまで出るようになったのだ。しかしこれも致し方ないことだ。人間は体も病気になるが、心も病気になる。

それより、私が密かに快哉《かいさい》を叫んだのは、この若者が、実は私がかねがねその極端なものの言い方で不快に思っていたシャバタイという一人の教師の息子だったということがわかったからだ。この男は、いつも自分はいかにも神に従い、立派な生活をしているが、他人はそうではないことを、非難ばかりしてきた男である。

私も心の醜い人間だ。かねがね嫌っていた人物が失敗をすると、いい気分になることを禁じえない。そういう日には、翻訳の仕事さえすらすらと進むのだ。神が私のこのおぞましい部分を許したまわんことを。

もっとも今日、私が手掛けていた所は、比較的翻訳が楽なところである。祖父は、権力者に対する用心の仕方を説いている。

「権力者から招待されたら、これを遠慮せよ。

そうすれば彼はもっとしばしばおまえを招くだろう。

出しゃばるな。出しゃばると追い返され、

あまり遠くに離れて立つと、忘れられるだろう。

彼と対等に話ができると、うぬぼれるな。

彼の長話を信頼するな。

彼は大いに喋ってお前を試す。
ほほえんでいてもお前を観察している。
内緒話を守らない人は思いやりのない人。
彼は容赦なく、おまえに害を加えたり、鎖につないだりする。
お前は約束の内緒話を守り、大いに用心せよ。
お前は滅びの道の縁を歩いているのだから」

すらすらと翻訳できたが、もっともこれは高揚した心が滑るようにやった下訳にすぎない。こういうふうに、あまりにも楽々と翻訳できた時には、私は翌日か翌々日、じっくりと時間をかけて、再点検することにしている。

その建物の前には寒風が吹いていたが、市川和雄はその風の流れの中を横切り、建物の中に入った。天国と地獄とはこういうことであろう。中は温かく、壁の大理石は顔が映りそうに磨かれていた。受付には、どうしてタレントにならなかったかと思うほどの、愛くるしい娘が、きれいな藤色のユニホームを着て座っていた。

「江藤さんにお会いしたいんだけどね」

市川は言った。

「何課の江藤でしょうか」

娘は微笑しながら言った。

「社長の江藤さんだよ」

「失礼ですが、お名前は……」

「市川と言うんですよ。同級生の市川だと言ってくれれば、すぐわかりますよ」

「ただいま、秘書課にお繋ぎいたします」

受付の娘はそう言って、受話器を取った。

人生は半ば以上運で決まることを思わせるような突然の人事であった。今度、社長になった江藤は彼の社長就任を祝う高校のクラス会に十分ほど遅れてやって来たが、彼が現れるまでの皆の話を聞いていると、江藤には運がついていたとしか思えないところがあった。つい数年前まで、江藤は社長候補どころか、出世コースの主流にもいなかったというのである。ところが続いて三人が社長候補のコースから脱落した。

まず一人が癌で死んだ。この男が、八〇パーセントまで、次期社長になるだろう、と言われていた。何しろ、どこにいても目立つような明るい容姿の男でもあった。

次の一人が、出張先の近東で、飛行機事故で死んだ。これも全く予想のできない番狂わせであった。

次に残った社長候補も思いがけないことで足を掬《すく》われた。妻の父親が、銀行の不祥事件の責任者として、連日名前が新聞に載ったのである。妻の父がどういうことをしようが、ほんとうは当人と何ら関係がないはずだったし、世間一般は、そのような人間関係を知る由もなかったが、それでも業界の内部の空気は、彼を社長にすることを憚《はばか》るように傾いた。

さらに残った二人の社長候補は激しい対立関係にあった。お互いに相手がなるくらいなら、平々凡々の江藤がなった方がいい、ということで、彼を推した。もちろんクラス会では、そこまで際どい話が出たわけではない。しかし何となくなりゆきは、「江藤は穏やかな性格で、敵がないからな」ということで決着がついたようであった。

江藤は恐らく、自分でも子会社の社長に出向する程度の未来を思い描いていたに違いない。それが突然「大手」の社長になったのだ。

江藤はそのクラス会に遅れてやって来た。新米なので、いろいろ慣れない仕事があってごめん……と自然な口調で謝った。思いなしか彼は容貌まで、若々しく感じがよくなったように思えた。

「遊びに来てくれよ。僕の愚痴を聞いてくれるのは、君たちしかいないんだから」

と江藤は言った。それは確かに友人の義務だ、と市川も思った。偉い人は孤独だ、と総理の体験者が書いているのも読んだことがある。出世すると、人が気楽に遊びに来ないのだ。しかし友人は別だ。

「申しわけありません。社長は只今来客中で、その後もずっと先約がございまして、ちょっとお目にかかれないそうなんですが」

受話器を市川に渡しもせず、受付の娘が言った。こういうことを言うのに、申しわけない、という表情はなく、ずっとにこやかなままなことにも、市川は腹が立った。

「僕は出直して来てもいいんだけど、五時過ぎはどうだろうか、ともう一度聞いてくれませんかね」

「今日は、五時からもすぐ、まいるところがあるそうで、帰宅は夜遅くなるだろう、ということでした」

「そうかね」

「申しわけございません」

まだ微笑は変わらなかった。

市川は怒りが体中に漲《みなぎ》るのを感じながら、再び温かい玄関を抜けて、寒風の吹く外へ出た。

ほんとうに偶然に、彼は向こうから歩いて来る顔見知りを見つけた。

「いや、珍しいね。今日はこっちの方に用事？」

そう言ったのは、昔からワニというあだ名のある日村という同級生だった。江藤の社長就任を祝うクラス会にもいて、江藤の出世の理由を陽気に解説していた男である。実物のワニの声というものは、実は聞いたことがないのだが、ワニが喋ったら、多分こういう声を出すのではないかと思うような太いがらがらの声が特徴であった。

「いや、今江藤に会おうと思って寄ってみたんだけど、忙しいとかで門前払いを食わされてしまった」

市川は言った。

「まあ、そうだろうな。社長なんかになったら、自分の時間はないものと思わなきゃな」

ワニは嬉しそうに言った。

「君は？」

「このビルの中に同好会の悪友がいるんだ」

「何の同好会？」

「カーリングさ。あの独楽《こま》のお化けみたいなのを、氷の上を箒《ほうき》で掃いて滑らせるやつさ。うちの女房なんか、お父さん、あんなばかなことに体力すり減らすくらいなら、うちの庭を掃いてください、って言うけどね。庭掃いたっておもしろくもないからな。そのカーリングのことで、相談があって来たんだ」

「仕事が終わってからなら時間があるかと思ったけど、それもないんだとさ。クラス会じゃ、昔通り付き合ってくれなんて言ってたけど、やっぱりそうじゃないな。奴はもう権力者の意識なんだ」

「夜はあいつ、必ず行くところがあるはずだよ。俺、知ってるんだ」

ワニは言った。

「へえ、どこに？」

「彼の、社長就任が決まった日に、離婚して帰って来ていたお嬢さんが、まだ三十八歳の若さで蜘蛛膜下出血で倒れたんだ。喋れないし、右手が使えないし、自暴自棄になってる。特別な会合がない限り、毎日彼女を見舞いに行くのが江藤の一つの仕事になってるはずだ。だから彼にはせめて夜の時間をやれよ」

「そうか。それじゃ仕方がないな」

市川は渋々言った。

「社長になんかなったって、別にいいことないんだよ。世の中皮肉にできてるしな」

「そうだろうね」

「君もカーリング始める気があったら、いつでも歓迎するぜ。女たちはばかにするけど、あんなに爽快なもんはないんだから」

「考えておくよ」

「じゃあな」

ワニは大きく手を振ると、風の広場を横切って、今しがた市川が出て来たばかりの温かい建物の中に入って行った。

寒ブリの雑煮

祖父の著作『ベン・シラの知恵』を訳しながら、私は時々、祖父の書き残したものに含まれていない、家族だけが聞いていた祖父の言葉というものを思い出す。それは父や伯父たちが折に触れて私に話してくれたもので、いつどこでどんな事情のもとに語られたのか、はっきりしないものも多い。それに、父にしたところで、祖父の言葉を、少しも誤らずに覚えることなど、とうていできるものではない。

我々が他人の言葉を記憶したという自信ほど、当てにならないものはない。それは微妙にニュアンスが違って記憶され、その言葉を口にした人が驚くほど違った意味で解釈され、固定される場合が多い。だから「あなたはこう言ったそうですね」などと言われると、「ああ、言ったよ」と言う人より「そんなこと言わなかったよ」と反論する人の方が多いのだ。

そのような恐れがあるから、私は祖父がこう言った、と人に語ることはあっても、それを新たに記録として書き加えないでいるのだが、ほんとうは書き加えたいと思う話はいくらでもあるのだ。一時私は、父が語ってくれた祖父の言葉を、『ベン・シラの知恵』の中に滑りこませてしまうことさえ考えた。曲解された祖父の言葉が勝手に一人歩きをすることを恐れたのだ。さもなければ、誰か他の人物が、あたかもそれを自分が思いついたかのように、祖父の思想を「盗む」ことを用心したのだ。

たとえば、

「強者とは誰のことか。自分の情欲を支配できる者のことである。富者とは誰のことか。自分の持分で満足できる者のことである」

という祖父の言葉がある。なぜかこの言葉は、祖父の著書に出てこないが、これは祖父が、自足《アウタルケイア》という偉大な美徳に対して、いかに考えているかを知る大切な手掛かりだ。

今さらのことではないが、エルサレムのラビたちの数人が、これを祖父の言葉として説教に使っているのを、父は聞いたことがあるそうだ。しかしそのうちの一人は、

「ベン・シラの知恵はこう語っている。

『富者とは誰のことか。自分のものを自分で支配できる者のことである』」

などとしたり顔で言っていたという。何というでたらめな引用なのだろう。

しかし私には、祖父の言葉を、勝手に『ベン・シラの知恵』に挿入することもためらわれる。『ベン・シラの知恵』は、完結した作品だ。他人が勝手に削ったり書き加えたりしていいものではない。

今日は家の中で、妻とその女友達が、大きな声で話をしている。妻を初めとして、このあたりのユダヤ人の家庭では、最近一つの話題でもちきりなのである。数日前、一人のユダヤ人の女性が、当地の裁判所に出廷した。この不幸な婦人はさらにその数日前に、家に押し入って来た一人の男に暴行されたのである。彼女は夫を半年ほど前に失った上、こういう野獣のような男に襲われるという災難に見舞われたのである。

彼女が叫び声を上げたので、隣家の親戚がこの無法者を捕らえた。ところが犯人もまたユダヤ人であったので、これはエルサレムのユダヤ人たちが、我々外国に住むユダヤ人たちの堕落を示す恰好の材料として、侮蔑と攻撃の種にするだろう、というのが、第一の印象であった。

次に法廷に出てきたこの婦人を見て、一部のユダヤ人たちは、さらにびっくりしたのだ。彼女は、もちろん今度の事件で大きな傷を負った。一時は法廷にさえ出られないほどの健康状態だという噂さえ流れたものだ。しかし彼女は、決してそんなことはなかった。アレキサンドリアの法律によれば、既婚女性が法廷に出る時には、誰か男の保護者がついて来なければならないことになっている。そして彼女も、一人の男性に伴われて出廷した。それは婦人たちが心を動かすような明るい男前のアテネ人であった、というのだ。

エルサレムにこういう話が伝われば、またしてもお偉方は眉を顰《ひそ》め、あからさまな非難の矛先をアレキサンドリアの我々にも向けて来るだろう。法廷に、近親者でもない男性を伴って出廷するなどということは、ユダヤ法でも、アラム慣習法でも全く必要とされていないことだと言って……。

婦人たちは、もっとあからさまな悪口を言っていたのだ。事件の当夜、彼女が叫び声を上げたのは、男を恐れたからではなく、最も親密な関係の喜びの声だったのだと。

まあ女性たちのお喋りというものは、小鳥の囀《さえず》りのように聞こえないでもない。それがあまり深い悪をなさなければ、である。私は今日済まそうと思っていた短い翻訳の部分を、まことに簡単に仕上げてしまったのだ。

今日、私が翻訳をしていた個所では、祖父は旅の効用を説いていた。

「旅をした人は多くのことを知り、
経験の豊かな人は知識をもって語る。
経験のない人は僅かなことしか知らない。
しかし、旅をした人は賢さを増す。
わたしは旅のおりに多くのものを見た。

わたしの知識を語っても尽きるところがない。

しかし、わたしはしばしば死の危険にさらされた。

わたしはそれらの経験のおかげで救われた」

父から聞いたところでは、祖父は実によく旅をしたという。中年になってからは、目的を持って旅行したのだろうが、若い時は、友達に誘われたから、などという程度で家を出たまま、その友達と別れてから数カ月もほっつき歩いて帰って来なかったという。

まず私は「旅をした人」というヘブライ語の言葉を、プラナオーをした人というギリシア語に置き換えたのだ。祖父は何と言うであろう、と思いながら……。プラナオーはむしろ道徳上は否定的な言葉だ。これは、正しい道から横道に逸《そ》れる、とか、邪道を彷徨《さまよ》う、とか、真理から連れ出す、とか、間違いを犯させる、とかいう行為を示している。祖父が、自分の積極的な教養のために学問の旅をした、というより、祖父もまた、若い日には、いろいろなものに楯突き暴走した、と見ることが、私の祖父への愛のように思うからだ。悪と痛恨を知らなかった人の言葉など、影のない平板な光景を見るようで、つまらないものだろう。

「経験の豊かな人は知識をもって語る」という個所の知識とは、経験的知識のことだ。だからシュネシスという語を使うことにした。シュネシスは、理解力、知恵、洞察、賢さ、といった意味で、経験を積んでも、賢さや洞察がなければ、体験として意味を持たない、ということだ。

「経験のない人」とは「ペイラスモス（試練）に会ったことのない人」ということである。このペイラスモスは動詞のペイラゾー、つまり、試す、誘惑する、というような語から出た言葉だが、このペイラゾーは、実は壮大、雄大な心の領域を支配している言葉である。それはただ、女が男を誘惑する、などというような単純なものではない。それは神が人間を試すことでもあり、同時に、思い上がった人間が神を試すことさえ含まれる。神を試す、ということは、およそ人間が思いつく計画の中で、最も血みどろの、そして多分勝ち目のない戦いだ。私がそれをしようと思わないのは、私が怠惰なせいである。

旅をした人は「賢さ」を増す、というが、この賢さという表現に、どの言葉を当てるかという時だけ、実は私もかなり長い間迷ってしまった。その語だけ抜かしておいて、先を訳したほど、決断がつかなかったのだ。そして半日後に、その日の仕事を終える時になって、やっと、パヌールギアという言葉を当てることで、自分を納得させたのである。なぜなら、この単語には、悪巧み、悪賢さ、狡猾というような悪いニュアンスがかなり含まれている。そもそも旅において、人間の善良性などというものは、ほとんど身を守る足しにはならないだろう。安全のために必要とされるのは未知なる運命への構えだが、それはひとえに意識的な、それも繊細で広範囲な悪意によってのみ、可能なものなのである。

一人の女が、夫を失い、やがて行きずりの男に犯され、その苦悩の中から、一人の勇敢な保護者を得る、というドラマの背後にある実情を、私はほとんど知らない。女たちは知っているつもりで喋っているが、彼女たちも私と同じくらい何も知ってはいない。

彼女もまた人生の旅をしたのかと私は思った。そして祖父が生きていたら、決して簡単に彼女を責めはしなかったろうと思ったのである。

高藤健史《たかとうけんじ》は、相良一規《さがらかずのり》の家の生け垣から、古い邸《やしき》の内部を覗きこんだ。今年は例年になく、雪が少ない上に、ここ一週間ほど暖かい日が続いているので、庭の雪はもうほとんど消えかかっていた。

高藤には、いつもちょっとした賭の心が動く癖があった。仕事の上でも、自分の好みでも、判断に迷うことが起きた時、高藤は賭をして決めることにしていた。外国の映画ではそういう時、男たちはコインを投げて、裏か表かで運命を決める。しかし高藤はまだ、ズボンのポケットからコインを出したことはなかった。コインはコイン入れに入れて持って歩いているので、それを取り出して中からさらに十円銅貨を出すということになると、間延びしてしまうからである。

今日の賭は、もし相良が家にいるような気配が感じられたら、声をかけてみようというものであった。相良と高藤はこの町の出身で、小学校の頃は、いつも首席を争って、けっこう仲良しであった。今のように苛《いじ》めなどという陰湿な空気はなかった。苛めたとすれば、ごく幼い時、犬やトンボを苛めた記憶があるくらいである。

高藤は昨日、近くのP市にある工場で会議があった後、今日は土曜日だったので、郷里へ墓参りに寄ったのであった。高藤の両親は早く郷里を離れて、東京に移り住んでしまったが、寺と墓地はずっとそのままだったのである。別に信仰があるわけではないが、こんな近くまで来て、まだ今年になって一度も墓参りをしていないことが少しだけ気にかかっていた。そこで住職から、相良も偶然帰って来ていることを聞いたのである。相良は商社に入り、長い間、近東の産油国に駐在した後、パリにもいたことがあった。元気ではいるらしいと聞いていたが、会う機会はここ十年ほど全くなかった。

相良が家に帰っているという以上、立ち寄ってみるか、という気になった。高藤は兄弟の末子だったこともあって、もう両親は他界していたが、相良の方は、年老いた母が一人でこの古い家に住んでいる。裁判官に嫁いで仙台に住んでいた相良の姉が、弟一家の外地勤務が長引きそうだとわかると、母を呼び寄せていっしょに住もうと誘ったこともあるが、母親はどうしても住み馴れた田舎を動きたがらないのだ、と、それは住職の情報である。

生け垣の近くでの賭は、今日はおもしろいほど、劇的な方に動いた。犬の吠え声がしたあとで、「ジロウ、おいで！」という犬を呼んでいるらしい聞き覚えのある相良の声が聞こえたのである。賭は完全に表目に出たので、高藤は垣根越しに庭を覗いた。

するると、ちょうど青いヤッケを着た相良の姿が見えたので、高藤は垣根越しに声をかけ、二人は全く偶然の再会を喜んだのであった。

「お母さん、元気なんだってね。もう七十は過ぎられたかな？」

高藤は玄関の前で言った。

「七十三だよ。二度転んで足を折っているから、危ないと思ってるんだけど、まだ自分では元気なつもりで、ここでこうして畑なんか作ってる」

白い雑種の犬は、辛うじて青菜の生えた畑の部分を避けて飛び回っていた。

「どうぞ、入ってくれたまえ」

相良はそう言うと、

「母さん、母さん、小学校の時の高藤君が来てくれたよ」

と奥に向かって叫んだ。その声が非常に大きかったので、母親はもうかなり耳が遠くなっているのではないか、と高藤は考えた。

座敷に通されるとすぐ、高藤は昔の面影の残っている老女と顔を合わせた。背もずいぶん縮んだようだったが、肌の白いきれいな人だった、という印象は皺《しわ》だらけになっても変わらなかった。

母親は高藤のことをよく覚えていた。ひとしきり挨拶が済んだところで、高藤は、

「相良といっしょに一度は外国で暮らされたかと思っていました」

と言った。

「いいえ、私らは住み馴れたとこしか住めませんですよ」

と母は穏やかに答えた。

「一度、娘のうちへ行くのに、東京を通りましてね、有名なレストランでフランス料理とやらを食べさしてもらいましたけど、もうあんなくどいもの、二度とこりごりです。やっぱり、ここの野菜と魚が世界一ですから」

「そりゃそうですよ」

「ちょうどいい時に来てくれなすったわね。うちは寝坊して、これから朝飯にブリの雑煮を作るとこですから、それだけ食べて行って頂戴」

と老母は高藤に言った。

「お母さん、元気そうだね」

高藤は台所に引き上げる老女の後ろ姿の引き締まった痩せ方を、好ましく思いながら言った。

「一人でいる方が気が張っていいのかな。君は昔からほんとうに親孝行だったから、いっしょに住めばいいのに、と思うけどね」

「父親が早く死んだから、女手一つで、っていう思いはあったけど、しかし今じゃ、もうずいぶん離れた世界の人で、いっしょに住むのもむずかしいかもしれない」

言葉ではなく視線だけで、高藤は相良の言葉を聞き返す素振りを見せた。

「僕の方が変わってしまったんだけど、母と喋っていると、ここがいい、ここの食べ物がうまい、っていう話だけだから、時々話題がなくなっちゃうんだよ。僕の住んでいた土地の話なんか、ほとんど興味がない。外国だけでなく、東京の食べ物も、よく知らないくせに、まずい、と思いこんでいるんだ。

母はよく、さっぱりしておいしい、っていう言い方をするんだけど、刺し身は料理じゃないからね。あれは九五パーセントが素材のおいしさなんだ。料理というのは、世界中で『手をかけること』だろう。どうしてこの味を作るのかわからない、というような境地にまで材料を高める芸術だから、さっぱりするわけがない。そういうことを言ってもてんでわからないんだよ」

相良の眼は笑っていた。

「しかし世界中の人が、自分の土地の食べ物が一番おいしい、と思ってるんじゃないの？」

「それをわかってくれれば、いいんだけどね。しかし、お袋は、中近東の人たちがそう思うのは錯覚か貧しいからで、自分がそう思うことは正しいと思ってる」

「それは一番幸福だね」

「そう、ほんとに幸福だよ。だけど、ああいう性格がほんとは日本的エゴイズムの真髄かもしれない。他人のことはほとんど何の関心もない。というか、意識にもない。だから意識的な悪意はないんだ。しいて考えれば、彼らの生活は野蛮で、料理はまずいもんだと思いこんでる。最高の独善というやつでしょう」

「しかし世界中が、寒ブリの味を知ったら困るぞ」

高藤は笑った。

「僕は自分の食べる分を取られると困るから、君が行ってた国の口髭《くちひげ》のおじさんたちなんかには、寒ブリはまずい、と思っててもらう方がいいね」

「そう、ほんとにそうだね。そして、そういう点では、だいたい世界中の無知と無関心は自然に身を引き合って作動してるもんだね」

「朝食、ホテルでちゃんと食べて来たのに、おなかが鳴って来たよ」

高藤は腹をさすりながら言った。

ブーゲンビリアの夕映え

冬になると、私は時々暗い気分になることがある。寒さと雨と暗い天気のせいである。アレキサンドリアの雨は足元から吹きつけて、体を芯まで濡らす。ことに、海は濛々《もうもう》としぶきに渦巻いて、黄泉《よみ》を思わせる日もある。私は死の予感を、その定まらぬ空間に見るのだ。そして思う。私の一生は何なのだろう、と。生きるに値する一生になるのだろうか、と。もし私の生涯が、生きていてよかったというならば、それは祖父の著書を多くの人が読めるようにギリシア語に訳したということだ。それは大した仕事ではない、という人もあろうが、私はそうは感じていない。人間はそれだけのことさえできない人が多い。

そんなふうに考えたのも、妻がエルサレムの遠い親戚の娘の話をしていたからだ。その娘は……いやもう娘とはいえない。二十四歳で人妻だったのだから。ただ妻は、昔から知っているので、今でも自分の「娘」のように感じているだけのことだ。そのリベカが、最近六番目の子供のお産の時に、死んだという知らせが伝わって来たのである。

リベカは静かな性格だった。妻はリベカが声を出して喋ったり、笑ったりしたのを、見たり聞いたりした記憶がない、と言う。私はエルサレムに行った時、彼女に一度しか会っていない。それも、「あの時、リベカも来ていたじゃないの」と言われて、「ああ、そうだった。思い出した」とは言ったのだが、実はそれほどよく思い出したわけではない。

彼女は十四歳で、従兄《いとこ》と結婚した。結婚するや否やすぐ妊娠した。十カ月経って男子が生まれたが、その子供は五日後に死んだ。

その不幸を償うかのように、十五歳の妻は、すぐその翌年も妊娠した。

妻の話では——彼女は親戚中から集めた話の市場のような役割を果たしている——彼女はいつも憂鬱そうな表情をしていた。最初の子供が、非常な難産の果てに生まれたので、出産の恐怖が残っているようだった。

二番目の子供は、女児だった。彼女は少し笑顔を見せ、子供に歯が生えるようになっても、いつまでも乳を含ませていた。可愛くて甘やかしている、というより、乳を飲ませている限り、次の妊娠はしない、という女たちの常識を信じているように見えた。

しかしそのような期待を裏切るかのように、十六歳になると、彼女は、三番目の子供を身ごもっていた。

妻はこの間の経緯を、少しのよどみもなく、物語を語るように話す。しかし私にはそれもできない。リベカが、立て続けに妊娠し、五人の子供を産む間に、歯もかなり抜けてしまい、髪の毛さえまばらになって、老婆のようになり、しかも結果的には五人産んだ子供のうち、二番目の女児を除いて、すべての子供が死んでしまったという話を、私は語る気にならないのだ。三番目の子供は、狼に嚙まれて、四番目の子供は嵐の日に悪霊に憑《つ》かれて、五番目の子供は顎《あご》が硬くなって死んだ。

それだけではない。そのたった一人の娘をおいて、彼女は六番目の子供を死産した後に高い熱を出して意識を失い、そのまま回復することもなく死んだという知らせが届いたのだ。

妻は従兄もかわいそうだ、という。妻の口調には、一人として健康な男子を産めなかったリベカの方に責任があるような調子が含まれている。それは確かにそうなのだが、狼や悪霊の結果までリベカの責任ではない。また祖父も、そのような不運に見舞われた女性を著作の中で非難することは決してしてなかった。

リベカのことを考えると、私の生涯は、満ち足りている。偉大なる祖父、ベン・シラの思想を広めることができる、ということは、一人の人間の一生の仕事としては、決して悪いものではない。

今日、私が翻訳の作業を進めていた個所は、高慢について触れた部分である。私は祖父がヘブライ語で「高慢」と言った語を「ヒュペレーファニア」というギリシア語に置き換えることにした。これは人や物に対するあなどり、を指す。

「高慢は、主にも人にも嫌われる。
不正は、主にも人にも好まれない。
主権は、民から民に移るが、
その原因は、不正と暴力と金力である。
土と灰に過ぎないものが、なぜ誇るのか。
生きている間ですら、はらわたは腐り易いのに。
長患いは医者をあざわらう。
今日の王も、明日は白骨となる。
人が死ぬ時に
受け継ぐものは、這うものと、獣と、うじ虫。
高慢の初めは主を離れることであり、
人の心がその造り主から遠ざかることである。
高慢の初めは罪であり、
高慢にしがみつく人は、忌むべきものを、雨のように降らす」

その反対に祖父は、主が愛されるのは「柔和な人」「謙遜な人」であるといい、最後には彼らの勝利を保証した。謙遜な人々とは、身分の低い者、卑しい者だ、というのだ。祖父の考えはまことに自由である。そして、この自由な思考というものは、芳しい香りのようにあたりに広がって、人々の心を魅了するのである。

多分、リベカの生涯も主からは愛されたものであったろう。リベカは、謙遜以外のいかなる生をも生きはしなかったし、また事実生きる方法もなかった。主がリベカに平安を与えたまわんことを！


ホテルの海に面した庭には、池とバリ風の高殿があった。高殿は五、六十畳敷くらいの面積はある椰子《やし》の葉葺きの見事な二階建てで、その梁《はり》にも柱にも贅沢な彫刻が施してあった。一階の床は石、二階はがっしりしたチーク貼りである。少しでも暑い空気が溜まれば、壁というものがほとんどないこの建造物はたちどころに南海の微風がその熱気を吹き払う仕組みだった。入口にはバリ風の石の男神たちが、耳にハイビスカスの花を飾っており、高殿の一部には昔風の大きな二人用のベッドも骨董として置かれていた。

事実その四方吹き抜けの高殿は、バリから時代ものの建物を解体して移築したものだという評判だった。ただ、その日に限ってその高殿の周囲には、俄拵《にわかごしら》えの金属製の柵がとりつけられ、それが著しく建物の風情を壊していた。

「なんで、あんな柵つけたんでしょうねぇ」

岩田一平の隣にいた髪の短い女性が突然そう言った。若々しいブルーのチェックに白襟をつけたコットンのワンピースを着ているが、二十代とは思えなかった。

「安全第一なんでしょう。この頃は、どこでも、事故があったら、責任を取るのは誰だ、ということばかりですから」

「でも、先日、オランダ人のパーティーが、やっぱりここであったのよ。子供連れだっていましたけど、こんな柵なんか作りませんでしたよ」

「子供がふざけて落ちたら、どうするんだろう」

「それは親が悪いのよ。手すりがなけりゃ、落ちるのはわかってるんだから、自分の責任で用心すればいいんですよ」

まだお互いに名前も知らなかった。自己紹介もせずにいたのは、パーティーが始まれば、自然にわかるだろう、と思っていたからである。今日は、代議士の三浦大助がこの国を訪問中で、在留邦人との懇談会を希望している、というので、大使館から呼び集められた人たちが、二、三十人、集まって三浦の到着を待っているところだった。中には顔を知っている人も数人はいた。しかし岩田のようにここで小さな旅行会社をやっているような男は、大手の商社や銀行の代表たちの前では、どうしても人々の後に下がることになるのだった。

女性が出て来ているのは、いずれどこか大手の駐在員の夫人を、接待に粗相があってはいけないからという理由で、駆りだして来たものだろう、と岩田は考えた。それとこの頃は、婦人問題を無視してはいけないという風潮がある。この国の女性の地位、男女の職業上の差などという話題が出た時、誰か答えられる人を用意しておくというのが、常識になっているようでもある。

「あなた、代議士とは、お知り合い？」

相手は尋ねた。

「いえ、とんでもない」

岩田は小柄な体をいっそう小さくするような思いで答えた。大使館が岩田にも出て来るように言ったのは、岩田がいわば、この土地を一番よく知っているからだった。仕事柄、観光地とはいえないような田舎にまでも入っているし、五人の現地従業員を使っているし、日本の大手のゼネコンが道路建設の仕事で入って来た時には、その労務者集めから、現場宿舎の建設に関する許可を取ったり業者を世話したりする仕事まで手伝ったこともある。言葉ができる者がいないと、こういう乗り込みの仕事には支障をきたすからであった。

「でも不思議な人なのよねえ」

名前を名乗らない女は、秘密でも打ち明けるように言った。

「三浦、っていう人はどうして威張るのかしらね。皆、呆れてるわよ」

「そんなに威張るんですか」

岩田は力なく言った。

「大変なんですってよ。お絞りが出て来ないとか、ビールが冷えてないとか、資料が揃え足りないとか、大使館員をつかまえて自分の秘書みたいに叱り飛ばすんですって。だから今日だってみんなぴりぴりしてるの」

岩田は目の前の女に軽い罪悪感を抱いていた。三浦を知らない、と言ったのは嘘ではないつもりだった。知っているというほどには知らないという意味だったのである。或いはまた、岩田の方からは知っていても、三浦は岩田を知らないだろう、という意味で、岩田は知人ではない、と言ったのであった。

しかし、岩田は代議士と中学の同級生であった。東京都下のAという町で、中学は一学年が六学級、生徒も八百人からいたのである。しかも岩田は三浦と一度も同じクラスになったことがないのだから、相手が自分を覚えていなくても当然であった。三浦がどんな生徒だったか、実は岩田もよく知らないのだが、或る事件があってから、三浦は学校の中では有名な存在になったのであった。

「でも私、言ってやったの。威張りたい人、って簡単じゃない、って」

女はあけすけな話し方を止めようともしなかった。

「そうですか」

「だってご希望がはっきりしてるから簡単でいいと思うの。威張りたいなら威張らせてあげればいいわけでしょう。簡単なことじゃない」

「でも、相手はこちらを叱るかもしれませんよ」

本気でそれを問題にしているわけではなかったが、岩田は会話を楽しむために、そう言ってみたのであった。

「叱られたら、どうもすみませんでした、って大袈裟に謝っておけばいいのよ。大体、他人に向かって謝れ、っていう人とか国とかは、全部バカなんだから」

「奥さんははっきりしておられますね」

「だって考えてみてよ。謝れって言われたから謝るような相手に、謝らせれば満足するっておかしいじゃないの。謝らせたいような相手とは遠ざかるのが普通の神経だわ」

「でも謝らせれば、金、取れることもありますよ」

「お金、取れるなら、別」

女はにっこり笑った。その現金な豹変の仕方も、岩田にはかわいいものに思えた。

「でも代議士っていうのは、金は取っても、払いはしないもんですよ。今日はどうされます？　遠くにいて、近寄らないおつもりですか？」

「そうもいかないでしょうね。来た人だけは紹介する、って大使館の人も言ってたから」

彼女の言葉の通りだった。やがて大使とともに、小太りの三浦が現れたが、それは、中学を卒業いらい初めて見る三浦の生身の姿だった。そしてその瞬間、岩田は或る単純な真実を発見したように思った。それは、小柄の男ほど威張って見える、ということだった。理由は簡単なものであった。誰に会っても相手が自分より背が高ければ、その男は顔を俯《うつぶ》せる代わりに、常に傲岸《ごうがん》不遜とも見える姿勢で顔を上げていなければならないのであった。背が低いのに、さらにまた俯いているのは岩田くらいなものだった。だから時々、岩田は自分が蟻《あり》のような気がすることもあった。

流石《さすが》に人々に紹介される間、三浦は立っていたが、岩田の前の女は「こちらで算盤《そろばん》塾を開いておられる高野貞子さんです」と紹介された。

「ほう、算盤なんかやるのかね、この時代に」

と三浦は言った。

「はい、いたしますよ。こちらでは、読み書き、算盤ができれば充分ですから」

「そらあ、そうだ」

次に自分の番が来た時、岩田は、

「こちらで、小さな旅行代理店をやっております岩田、です」

と自己紹介した。それから一瞬考えて、

「代議士がA中学におられた時、同学年でした」

と小声で言った。前の算盤塾の女はそれをじっと聞いていた。

「そう。しかし顔に見覚えはないな」

「あの頃、生徒は八百人もおりましたから、成績のいい生徒か、運動ができないと、目立ちませんでした」

「そう、僕は、これでもあの田舎学校では秀才だということになっていたから」

代議士はちょっと笑った。

「いつからここにいるの？」

「もう二十年になります。日本でいろいろ事業につまずいて、ここまで流れて来た、という感じです」

「まあ、元気でやりたまえ」

「ありがとうございます」

算盤塾の女は、数メートル離れたところで岩田を待っていた。

「何よ、嘘ついて。知り合いじゃないなんて言っといて」

それでも女の眼は笑っていた。

「だって聞いてた通り、向こうは覚えがないと言ったでしょう。そうだろう、と僕は思ってたんだ」

「何があったの？　あの人には」

「彼には関係ないことですよ」

「でしょうけど」

「彼の父親が長距離トラックの運転手をしてて、けっこう収入もあったらしいけど、女癖の悪い人だった。母親はアル中で、或る日酔って、家に火をつけた。初めから夫を焼き殺すつもりだった、という説もあるけどよくわからない。運転手をしていた父親は、疲れてぐっすり眠ってたものだから、逃げ出せずに焼死した。それで中学三年生は、父親と母親とを一度に失ったんですよ。母親は刑務所入りだから。その後彼は、伯父さんの家に移って育てられた。そんなことがあったもんだから、どんなにしても人の上に立ちたかったんだろうと思いますよ。

だからA町に豪邸を建てた。塀を墓石で作ったんで有名なうちです。猫も這い上がれないと言われるほど、つるつるぴかぴかの塀なんだ。その塀も汚職だと言われて問題になったことがあるけど」

算盤塾の女はくすくす笑った。

「よかったわね」

「何が？」

「威張れてよかったわよ。それが生涯の目的だったんなら威張るの当然じゃない」

「そうだよ。威張らせてやりたい人、っていうのも確かにあるんだよ。わかってくれて、ありがとう」

「あなたの親御さん、っていい人たちだったんでしょうね」

「そう、冬になると、薄汚い炬燵布団の上で、いつもじかにむいた蜜柑《みかん》を置いて食べてるような親たちだったから」

「炬燵ねえ。蜜柑ねえ」

それが遠い現実を示すことを匂わせて、夕暮れの南の空には、高殿の足元に繁茂したブーゲンビリアの花の色が、炎の激しさで燃え立って見えた。

盗み読み

どこの土地でも召使というものは、思わぬ悪さをするものだ、ということを思い知ったのは、今朝も、偉大なる祖父の『ベン・シラの知恵』のギリシア語訳をはじめてしばらくした時である。

妻のいる女部屋の方がやたらに騒がしい。声だけで、妻の従妹のポリッタが来たな、とわかった。彼女は生まれつきのお喋りで……と言いたいところだが、妻の親戚で口数の少ない静かな女は皆死んでしまったから、生き残っているのはポリッタのようにお喋りばかりということになる。とにかく彼女のいるところ、音楽が鳴り響くように彼女の話し声がとめどもなく流れている、というわけだ。

それだけでなく、間もなくポリッタが、「兄さん、聞いてよ」とパピルスの切れ端に書いたものを私の仕事場まで持って押し掛けて来た。聞くと、盗んだ手紙だ、と言う。彼女の知人の、そのまた知人の家の奴隷が、出せと言われた主人の手紙を出さずに盗んだものが、あまりにおもしろいので、皆に回覧しているのだという。ほんとうに女どもの軽薄さというものは困ったものだ。

「主人の手紙を盗むなんて、悪い奴隷じゃないか」

と言うと、

「読んでみれば、兄さんだってわかるわよ」

と笑っている。

今日、私の仕事が気分的に詰まっていなければ、私はその手紙を読む気になどならなかっただろう。私が訳していたのは、次のような個所であった。

「良いものは、善人のために初めから造られたように、悪いものは、罪びとのために造られた。

人間の生活に第一に必要なものは、

水、火、鉄、塩と、

小麦粉、乳、蜜と、

葡萄液、オリーブ油、衣類である。

これらはすべて、信心深い者にとっては良いものになるが、罪びとにとっては悪いものに変わる」

人間が生きるための必需品はこの十種類だが、葡萄から取った飲み物について私が敢えて常識的に「葡萄酒」と訳さなかったのは、祖父が実はそれをわざわざ「葡萄の血」と書いていたから、酒と書いてしまうのは憚られたのである。

「信心深い者」はエウセベースと訳した。神を神として敬うだけでなく、仕える者という意味だ。

しかしこの次の行に来て、また少し行き詰まった。「復讐のために造られた風がある」と訳していいのだろうが、この復讐という言葉を何とするかで手間取っていたのだ。エクディケーシス、という語を使うのが常識的ではある。エクディケーシスは、神から見て、悪い人間に対して行われる罰のことだからだ。しかし、もう少し別の言葉遣いがあってもいいかと思った。風はプネウマ、つまり霊のことだ。

「それは怒って、笞《むち》を激しく振るう」と祖父は続けている。言葉の選択が決まらないので、つい妻とポリッタの話に加わってしまったのは、私の不覚であった。

手紙を書いたのは、ヒラリオンとかいうアレキサンドリア人、つまり「もとはギリシア出身」の男であるらしい。

口にするのも憚られることだが、我々ユダヤ人が実に好きなのは、愚かなギリシア人たちの言行である。彼らはどれほど我々ユダヤ人社会をそのでたらめさで楽しませてきたかしれない、と思うと、愚かさもまた幸いなるかな、と言わねばならない。

このヒラリオンは、ポリッタの話によると軍人ではないようだから、多分船乗りか、もしかすると他の商売をしているのだろう。彼の妻は実の妹のゴルゴである。妹を妻にするなどということは、ユダヤ人には考えられないことなのだ。そしてこのヒラリオンは、妻である妹を、パフォスかどこかに住まわせているという。

ところで、このヒラリオンは一人の奴隷を手元に置いていたのだが、その男は少し学問があって読み書きもできたため、ご主人さまの手紙を盗み読みする趣味を持っていた。それが家庭の事情が外に筒抜けになる原因となっているのである。

手紙は次のようなものだ。

「妹、ゴルゴへ。心からの挨拶を送る。愛するベロウスとアポロナリオンにも」

この二人の名前は恐らく息子たちのことであろう。

「私はまだアレキサンドリアに留まっている。他の連中がそちらに帰っても、心配しないでくれ。チビの面倒を見てくれるよう、切に頼む。給料が出たら、すぐ送るから。

子供が生まれたら……どうか迫っている出産が幸運であるように……男の子なら、生かしておいてくれ。もし女の子なら、外に放り出して死なせればいい。君はアフロディジアスに、『私のことを忘れないで』と言伝《ことづて》したそうだね。どうして君のことが忘れられるだろうか。だから、心配しないように頼む」

この手紙によると、彼は雇い主が給料を払わないので止むなくアレキサンドリアに留まっているように言っているが、実は、給料が支払われたって帰る気はないのだそうだ。というのも、彼にはアレキサンドリアに女がいて——それも複数の女がいて——でたらめな遊蕩生活を送っている。今さら、妻の元へなど、全く帰る気はないらしい。

彼の奴隷に言わせると、こういう手紙は届かない方がいいのだそうで、

「はい、それで、旦那さまが何年かして郷里にお戻りになった時、多分大きくお育ちのお嬢さまにお会いになるわけでございまして……」

と言っているという。

もちろん奴隷の感情の中には復讐の気分がある。この手紙が着かなければ、彼の妻には夫の愛情の保証も伝わらないのだし、そうなると、身重の妻が、他の男とねんごろになることもあろうし、その結果、ヒラリオンにはまた別の人生が開ける可能性もある。とすれば、それもまた「主人思い」の奴隷の取るべき道だったということになる。

しかし私はポリッタと妻のようにひたすらこの事件をおもしろがるわけにもいかない。こういう場合に限って、ぴちぴちした肢体を持った健康そのものの女の赤ん坊が生まれて来る可能性が高いのは、奴隷が予想した通りである。健康な赤ん坊は表に放り出されたって、そうそうたやすく死にはしまい。夜になっても、まだ高く泣き続け、その声は母親の乳房を刺すだろう。

しかし時々気味が悪くなるのだが、祖父は私が迷うと、必ず助けを用意してくれ

ているような気がすることである。ヒラリオンの手紙を見てから、次の行に眼を走らせると、祖父はこう書いていた。
「復讐のために造られた風がある。
それは怒って、笞を激しく振るう。
そして終わりの日にその力を振るい、
それらを造られた方の怒りを鎮める。
火と雹《ひょう》、飢饉と死、
これらはすべて復讐のために造られた。
これらすべては、目的を達するために造られており、
定められた時のために蓄えられている。
これらのものは主の命令に快く従い、
地上において必要な時のために用意されており、
その時がくると、み言葉に背くことはない」
まるで、ヒラリオンという男の未来を予見しているようだ。主は必ず、彼を罰されるのだから、と言っているようである。これは私の翻訳の行き詰まりを取り払うような効果をもたらした。ヒラリオンの話がなかったら、この、いささか祖父らしくない因果応報の勧めに、私は拘泥し足を取られて進めなくなっていたかもしれないのだ。

妻とポリッタのお喋りの声を聞きながら、私はここまでを一気に訳してしまった。

そしてその後に、いつもの祖父らしい、もっとも闊達な視線に出会ったのだ。

「それで私は、初めから心を定め、
思いをこらして、これらのことを書き残した。

『主の業はすべて良い。

主は、すべての必要を、それが生じた時に満たす。

誰も、〈これはあれよりも悪い〉と言ってはならない。

すべてのものは、しかるべき時に、その良さが認められる。

さあ、心から声高らかに賛美し、主のみ名をほめたたえよ』」

妻たちには通じない話だが、私はまだ会ったことのないヒラリオンにも、祖父のこの言葉を贈りたいものだ、と感じていた。それには、いつかヒラリオンが故郷に帰った時、無事に育った娘を腕に抱き、かつて自分が命じた殺意のことなど全く忘れたように愛撫し、幼児の無邪気な笑顔で迎えられることこそ必要なのだ、と思っていたのである。


芝田喜枝子《きえこ》は、土曜日の夕方、M空港に降り立った。建物の中は寒いくらい冷房が利いているが、窓越しに見える風景の中で、乾期に入ればますます鮮やかさを増すというブーゲンビリアの燃えるような紅色の花の房が、テラスから吹き上げるように咲いている。

税関のガラス・ドアの外には、娘の玉川直枝《なおえ》と二人の孫たちが待っていた。一年半ほど会わない間に、十五歳と十三歳の孫二人は揃って背が伸びて、別人のように見える。その分だけ、遅く結婚して三十代の半ばで子供を持った直枝は、四十代の終わりの今、早くも白髪が目立って、すっかり老《ふ》けてしまっていた。

孫たちは「お祖母ちゃん、いらっしゃい。荷物を持ちましょう」と言ったが、喜枝子はどうもその日本語のイントネーションがおかしいような気がしてならなかった。しかし表向きは、「ありがとう。智彦ちゃんも幸彦ちゃんも優しくて、よく気がつくのね」とハンドバッグ以外の荷物は孫たちに任せた。

ここまで来る間に、この直枝という娘には、喜枝子もかなり手こずったのである。何しろ直枝が十五歳の時に夫を失ったので、それ以後大学を出るまでは、喜枝子が以前から趣味でやっていた日本刺繡で母娘二人食べていたのである。直枝は、器量はまあまあ普通で、成績はいい方だったし、能力がないわけではないと思うのだが、学校の友達と男の子たちも交えて山へ登ったりする時でも、誰もが直枝には親切にするだけでそれ以上接近しては来ないらしいのである。卒業後、直枝は幼稚園に勤めたのだが、そこでも母親たちには評判がいいのだが、いよいよ男と付き合うチャンスはなくなってしまった。それ以来何度も見合いをしたのだが、必ずと言っていいほど、向こうから断られるのである。

直枝が三十一歳になった時、今の夫である玉川重雄との縁談が持ち込まれた。仲人が、「こんなお話を持って来て、奥さまが気を悪くされないかと思いましたけれど、ご縁談というものは、それこそ万が一のご縁だと申しますから」

と言いわけたらたらで写真と履歴書を持って来たのは、商社勤めの三十七歳だが、幼い女の子一人を残されて妻に出て行かれた子連れの男であった。再婚、つまり今風に言うと「バツイチ」である。縁談を持って来た人は、何も言わなかったが、直枝に幼稚園の体験があるなら、三歳の継子《ままこ》を育てるにも便利だろう、という算段だったかもしれない。

直枝はあまり気が進まなかったらしいが、喜枝子は「離婚の理由が少し気になってたけど、娘を置いて男を作って出て行ってしまうような奥さんは、相当な困り者だったでしょうよ。そういう目に遇ってる人は、とにかく前のことに懲りてるからいいの。引け目はあるし、何より子供を育ててくれてると思えば遠慮もするから、却《かえ》って得なのよ」

と勧めて見合いをさせたのであった。

玉川はニューヨークにもいたことがある、という温厚な外見の男で、別れた理由についても「私が仕事でかまってやれなかったのがいけなかった、と反省しています」と言うだけで、決して相手の悪口めいたものは口にしなかった。

見合いをした夕方に「向こうさんが大変気にいられたそうで」と仲人が電話をかけて

来て、それは今までにない発展の早さであった。玉川の押しの一手に負けたか、自分の年齢を考えて「決心のしどき」と思ったのか、やっと直枝は結婚を決意したのであった。

一番問題だった千花《ちか》という娘は、おかっぱに髪を切り揃えて、それはそれは聞き分けのいい娘、という触れ込みだった。それも或る面では嘘ではないのだが、たくさんの子供を見ている直枝に言わせると、膠着《こうちゃく》した気質のある娘で、将来それが何か問題を起こすかもしれない、ということだった。

果たしてその通りだったのである。「千花ちゃんのお片付けは天下一品」と直枝は皮肉に褒めていたが、自分のお人形を直枝がいい加減に棚の上に置くと、もうその位置が違うと言って、四歳になっていた千花は落ちつかない。食事の時、お皿とお椀の位置をいちいち直して回るのも千花であった。今日はこのスカートをはく、と決めたら、それが汚れているから他のになさい、と言っても頑強にそのスカートに固執する。

直枝がたて続けに二人の息子を産んだので、女の子しかなかった玉川は大変喜んだようだった。直枝にとっても、それは救いだったように見えた。赤ん坊にかまけて千花との関係も適当に稀薄ででたらめにならざるを得なかったのである。

千花は生活の秩序を乱す元凶である赤ん坊を嫌ったが、間もなく一家は外国勤務を命じられてこのM市に引っ越して来た。ここでは、赤ん坊のお守りをしてくれるメイドも雇えるし、借りたマンションも広い。ベッドルームも、たっぷりしたサイズのが三部屋もある、と直枝はほっとした様子だったが、それは赤ん坊に悩まされていた千花にとっても、救いだったろう、と喜枝子は想像していた。

学校は日本人小学校もあるのに、玉川は無理して、子供たちをアメリカン・スクールに入れた。日本語もまともに使えなくなったらどうするのだろう、と喜枝子は思ったが、「他人の家」のことで深く心を傷めるのはやめにしよう、と決心してからもう長い年月が経っている。

「実は、千花が先月から、こちらの銀行に勤めるようになったのよ」

会社から回してもらった運転手付きの自動車に荷物を収めて走りだすと、直枝は子供たちの手前、穏やかに報告するという形で話していたが、実は高校を出ただけで、大学へ進む学力も気力もなかった千花は、漫然と家にいて、日本人にお茶を習ったり、父親に勧められて中国語の語学塾の初等クラスに出たりしているだけだったのである。

「それはよかったじゃないの」

「続くかどうかはわからないんだけど、私たちがここの住人《レジデンス》になっているし、千花もどうやら英語ができるので、推薦してくださる方があったのよ」

初めは数年のことだろう、と思っていた外国勤務も、五年前に玉川が現地法人の子会社の社長になった時、娘一家は当分日本には帰らないだろうと喜枝子は察したのであった。

「それなら、千花ちゃんの勤めている銀行で、私の持ってきたお金換えてもらおうかしら。私の生活費もあるから、百万ばかり取っておいてもらいたいの」

どんなに年老いても、経済的には娘の世話にはなりたくなかった。M市に一ヵ月滞在するとしても百万円は使わないだろうが、余った分は、手土産代わりであった。

「じゃ、いっそのこと、三時までまだ時間がありますから、千花の銀行に寄ってお金換えてからうちへ帰りましょうか？」

直枝が言った。

「そうしてもらえると、助かるわ。この前来た時、ここのお金がないままに週末になってしまって、あなたに大分借りて不自由したもの」

運転手に英語で、町中の銀行に寄るように伝えたのは、孫たちだった。

銀行は黒と灰色の大理石造りで、直枝はカウンターに顔見知りの女性がいるらしく用向きを伝えると、四人は外からベルを押さないと鍵の開かない狭い預金者用の部屋に入れられた。先客はターバンを巻いて鬚《ひげ》を蓄えたインド人で、その前のガラスの仕切りの向こうで、長い髪をプラスチックの髪止めで留めて、ピンクのブラウスを着た千花が、札を数えていた。

高額紙幣か低額紙幣か喜枝子にはわからなかったが、札は高さ五センチほどのが五束もあり、千花は紙幣を広げると、一枚一枚、札の上下と裏表を一定に揃えることから始めていた。それは意外と時間のかかる仕事だった。この銀行では、紙幣の向きを揃えて扱えと命じられているのかと喜枝子は思い、それとなく隣の窓口でやはり札を数えている同僚の娘の手元を見ると、彼女はそんなことはしていなかった。紙幣の向きを揃えるのは、千花の性格の命じている仕事なのだった。

銀行に勤めたと言われて、どんな仕事をしていると、明確に思い描いたわけではない。しかし生《な》さぬ仲の孫娘が、窓もない檻《おり》の中のような監視装置つきの小部屋で、ひたすら金を数えるという単純作業をしているとは、はっきり思っていなかったので、喜枝子は少し動揺して黙ってその姿を見つめていた。

千花はしばらくの間、顔も上げず、もちろん喜枝子たちがその狭い部屋に入って来ていることにも気付いていなかった。やがて幸彦が小声の日本語で、「お母さん、あのカメラに僕たちのことも写っているんでしょう」と防犯カメラのことに触れた時、初めて千花は声で継母と異母弟たちの存在に気付いた。

「千花ちゃん、お祖母ちゃまが、お金換えてもらいにいらしたの」

千花は一瞬頷いただけで、声に出して答えはしなかった。ただ彼女は一心に札を揃え続け、それから素早く二通りのやり方で、枚数を数えた。そのうちの一つの数え方は札を机の上において めくっていくもので、日本の銀行では見たこともないやり方だったので、喜枝子は感心して眺めていた。最後に千花は、紙幣を機械にかけると、機械は流れるように横倒しになった札をめくって数えた。こういう機械があるなら、初めから機械に数えさせればいいのに、と喜枝子は考えていた。

ようやくインド人の仕事が終わって、喜枝子の番が来た。

「いらっしゃいませ」

千花は言ったが、それは銀行員としての挨拶なのか、義理の孫としての祖母への挨拶なのか、喜枝子にはわからなかった。

「百万円以上になりますと、少しだけいいレートでお換えできます」

「それはありがとう」

喜枝子はちょっと笑って、帯封をかけた百万円の札束をガラス窓の向こうの千花に渡した。千花は封を切り数枚をめくってみてから、やはりめちゃくちゃに束ねられている一万円札の上下と裏表をきれいに揃え始めた。今初めて人生で、この異常な几帳面さによって適切な仕事を得た、と思われる娘の指の下で、平凡な顔をして融通無碍《むげ》だった福沢諭吉は、自分の顔が正しい位置に差し替えられる時だけ、ちょっと苦笑しているように見えた。

眉を引く夫

どうして人生には、こう悲しいことが多いのだろうか、と妻が言う。今日昼前に、ベレニケの死が伝えられてから、妻は落ち込んで、時々涙を流している。そして主は何を考えておられるのかわからない、と呪《のろ》うような言葉を呟いている。

ベレニケは十三歳だった。若い、最も清純な女性の愛らしさが吹き出る瞬間の年齢であった。妻は彼女の甘い笑窪《えくぼ》が忘れられない、と言う。もうその年で、彼女は充分に知恵に溢れていたが、まだ賢さの花は無垢な幼い蕾《つぼみ》のままだということを本能的に知っているようだった。だから、彼女はいつも謙虚だった。人と語る時は、誰からでも教えてもらおうとするひたむきな思いを込めて、眼はいつも語る相手に注がれていた。彼女は奴隷に対してさえ、教えてもらうことを期待して謙虚だった。しかし謙虚な表情を見せる時、このすばらしい少女の顔には威厳が流れた。

しかし、私たちの脳裏に残っている彼女は、明るい甘ったれの少女だった。早く母を失っていたせいか、いつも帰って来る父のテオフィロスを待ちかねて、父が家のドアを開けると、駆け寄ってその首にぶら下がり、それからもしそこに私たちがいれば、私たちにも、或いは私たちが連れている幼い子供たちにも、親しみでいっぱいの真剣な抱擁をした。

あの娘のすばらしかったことは、大勢の召使や、乳母や、家庭教師に付き添われていながら、決してたかぶらなかったことだ。彼女は身近で彼女に仕えるそうした人々にほんとうに親切だった。病気になると、父に頼んで始終見舞いの品や言葉や人を送っていた。彼女は、心から心配していたのだ。

父も姉も教えたことはないというのに、彼女は中庸と節制ということを生まれながらにして知っていたから、何をしても優雅だった。そして誰に言われなくても、小さい時から本を実に大切にした。

私たちは彼女の最期の苦しみを見ていない。彼女は死を覚《さと》っていたらしい。血を吐いて、呼吸も困難になって、死はもう時間の問題だろうと思われてからも、彼女は時々父や姉の言葉に微笑して見せていたという。

今日もまた亡き祖父は、私たち人間の苦悩を見越していたような気がする。ベレニケが今朝、明け方に死んだなどということは知らないのに、私が今日、祖父の手になる『ベン・シラの知恵』の中から訳していた「最高の善」とは何かを教えた個所は、その運命と余りにも符合し過ぎているように思えるのだ。

「自活する人や働く人の生活は楽しいものである」

私はここを訳しながら、この文章は、祖父らしくないほど当たり前のことを言っている、と思った。どんな社会が来たって、病気でもないのに自活しようとしない人は人間の屑《くず》だろう。自活しない人は、社会から蔑《さげす》まれて当然だ。蔑まれれば、生活は楽しくないのも当たり前だ。だが、祖父はその後を続ける。ここが祖父の面目躍如としたところだ。

「自活する人や働く人の生活は楽しいものである。

しかしこのいずれにも勝るものは、宝を見出す人のことである」

もちろんこの宝というのは、主（神）のことだ。

「子供をもうけるのと、町を築くのとは、人の名を高める。

しかし、このいずれにも勝って評価されるのは、非のうちどころのない妻である」

このアレキサンドリアも、アンティオキアも、その名は、町を作った王の名を残している。二人の名は永遠に留められ、二人を称えるであろう。しかしそれ以上に素晴らしいのは、非のうちどころのない妻だ、と祖父は言ったのだ。

私の翻訳はそこでぱたりと中断してしまった。ベレニケの微笑と、その揺れる柔らかな髪が眼に浮かぶ。あの娘は生きているのが楽しくてたまらなかったのに。彼女は、婚約をしていた。式の日取りも半年先に決まり、私たちは結婚式の招待状も受け取っていた。

皆は、婚約者のことを有能なすばらしい青年だと言っているそうだが、妻は否定的だった。確かに美男で見かけは立派なのだが、その青年の両の眼には決定的な魂の輝きがないと妻は見抜いていた。つまり彼は感動が極めて稀薄なのだ。

ベレニケの死は、彼女がその青年と結ばれて、みじめな結婚生活を送るのを避けることができたのだから喜ばなければならないことなのかもしれない、と私は思う。

気の毒な彼女の父のテオフィロス！

若い時から賢く、哲学的で、美術的な眼も明確だった彼は、この美少女の娘の中に、自分のすべての姿を見ることができたのだ。娘と彼は、その魂において、趣味において、愛と悲しみの柔軟な感受性において、まさに相似形だったのだ。

彼はこの幸福の源泉である娘に、愛も金も惜しもうとはしなかった。彼は、愛娘の結婚仕度をあれこれと考えていた。それなのに衣装や真珠や宝石を整えるための金で、彼は、娘の埋葬のための香《こう》と香油を買わなければならなかった。何という残酷だ！

テオフィロスは、娘の死で、すべてを失ってしまったらしい。魂や、その輝きまでを。彼は何も喋らず、身繕いもせず、ただ座っているという。妻にはそんなことを言ってはいないが、私はテオフィロスのような男が何をしでかすか心配している。

つまり妻が聞いたら笑うだろうが、私は彼が突然、色情狂的な行為に出るのではないかとさえ思ったのだ。もはや、彼にとって人格の破壊も世間の思惑もどうでもよくなったのだ。彼にとっては、今、この一刻を誤魔化して生きていけるものがあれば何でも飛びつくだろう。

そう思いながら、私は祖父の著書の続きを訳し続けた。なぜか悲しく、心が震えたが、それでも私は、気が滅入るのを防ぐために仕事を止めようとはしなかった。

「葡萄酒と音楽は心を楽しませる。

しかし、このいずれにも勝るものは、知恵を愛することである。

笛と竪琴は心地よい調べを奏でる。

しかし、このいずれにも勝るものは、楽しい会話である」

「楽しい会話」と訳した祖父のヘブライ語の元の言葉は「誠実な舌」である。それをギリシア語にする時、「美しい声」と訳すべきか「楽しい会話」とするべきか、私はしばらく迷ったあげくにこうなったのである。

ベレニケは声も甘く澄んでいたが、父親が愛したものは、その肉感的な声もさることながら、その会話のずっしりとした重みだったろう、と私は思ったからなのだ。

「優雅と美しさは目の好むところ。

しかし、このいずれにも勝るものは、野の若草の緑である。

友人や仲間は折あるごとに会う。

しかし、このいずれにも勝るものは、妻がその夫と共にいることである」
一つの幸福がこの世から消えた。今日はほんとうに祖父の言葉の一つ一つが、抉《えぐ》るように心に響く。

石田一郎が妻の里紗《りさ》を連れて、真鶴《まなづる》に住む叔父の石田修身《おさみ》と妻の実穂子《みほこ》を見舞ったのは、心から叔父が懐かしいというより、近くの友人の家を訪ねながら、叔父の家を避けて通るのを疚《やま》しく感じたからであった。

亡くなった母には二人の弟がいたが、二人は対照的な性格で、母はそのうちの年上の修身をひどく可愛がっていた。下の弟の克己《かつみ》は、どこか立回りがうまくて実がない、というのが母の言い分であった。今、克己は日本に進出して来た外資系の会社の日本の社長である。しかし修身は、外見ももっさりしているし、ついぞ一生陽の当たる道を歩くこともなかった。

それでも定年後は、どこか二度目の勤めに出るにせよ出ないにせよ、それなりのささやかな余裕のある生活もできるはずだったのに、ちょうど定年の前年の夏に妻が脳梗塞で倒れると、修身叔父は二度目の勤めに出るのを止めて、妻の看病のために引退する決意をしてしまった。

初めのうちは、言葉少なになってぼんやりしている妻を連れて、温泉に行ったりすることあったのだが、伊豆の西海岸の小さな宿で、ほとんど一言も喋らない妻と向かい合って炬燵に当たりながら、冬の荒れた波と風の声を聞いた時には、その虚しさがよほど応えたらしく、

「もう旅行も無駄だな」

と一言母に言ったという。それ以来、修身叔父は、東京の家を売って真鶴の駅から歩いて三十分もかかる辺鄙《へんぴ》な場所にマンションを買い、そこでひっそりと夫婦二人だけの暮しを始めたのであった。

母が亡くなったのは、その直後だったが、修身叔父は叔母が動けないので、という理由で葬儀にも来なかった。一方、克己叔父は葬式万端に手を貸し、自分の会社だけでなく、関連の会社や下請けからまで、生花の籠を贈らせたり社員を葬式に動員してくれたりした。役に立つ叔父と役に立たない叔父の見本のような二人だったが、一郎は母の普段の言葉を聞いていたからではないが、どちらかと言うと、不器用な修身叔父の方に、親しみを感じ続けていた。

真鶴のマンションを訪ねるのは初めてだった。もちろん夫婦は、駅からタクシーに乗った。松林の残った海岸のあちこちには、ちょうど梅がもう咲き終わる頃であった。

叔母は窓際の籐椅子に座っていたが、ほとんど表情もなく、動きも見せず、一時間近くの訪問の間に、ほとんど二言か三言しか口をきかなかった。その二言三言というのは、

「わざわざお出でくださいまして……」という挨拶と「あなたはどなたさんですか」と

いう訝《いぶか》しげな質問との二つだけだった。しかも叔母は後の方の質問を二度繰り返した。記憶がひどく悪くなっているというより、人の言葉を聞いてもその意味が心にしみ通ることはないようだった。

叔父は一郎たちに紅茶を入れて出してくれたが、二つの紅茶茶碗は、デザインが同じでただ配色が違うだけということもあって、出された紅茶茶碗は、上の茶碗と下の受皿が、間違った組で出された。里紗は生真面目に、

「あら、お皿とお茶碗が違ってるわ」

と一郎の前に置かれた茶碗と自分に出されたのを取り替えようとしたが、一郎は、

「違ってる方がかえっておもしろいんじゃないか？」

と取り合わないふりをした。叔父はちょっと困ったように眼をぱちぱちさせていたが、言いわけをするでもなかったし、茶碗を取り替えようともしなかった。

「叔父さんも外出できなくて大変でしょう」

と一郎が気の毒がると、叔父は、

「しかし、老後仕事がなくて退屈してる、という人もある中で、私は仕事がきちんとできたから、幸せだよ」

と答えていた。

「でも外出できなくて、気が滅入ってきませんか。たまには人を頼んで、野球か競馬にでもいらしたらどうです」

と言うと叔父は、

「いや、僕はニュースを実によく見ているから、出なくても大丈夫だ」

と答えたりした。窓の外では、早くも鶯《うぐいす》の声がしきりだった。

一時間ほどいて辞去した時、一郎は何もしなかったのに、口をきかない叔母が生きている死骸のようにそこにいたということだけで神経的に疲れてしまっていた。マンションの前の坂を下りながら、一郎は伸びをし、「あーあ」と意味もなく解放感を示す欠伸《あくび》をして、心の均衡をとりもどそうとしていた。

「それにしても、あの鶯の声はすごかったね。カタカナで書いたホーホケキョ通りに、正確に発音してたじゃないか」

一郎は笑った。

「でも、来るのは一羽だけなんですって。あの辺には、その一羽しかいないらしいんですって」

「おかしいな」

一郎は言った。

「鶯だって、いい声で鳴かせるには、他のいい声の鶯といつも籠を並べていっしょに暮らさせて、学習させるんだって言ってた人がいたよ。じゃ、あそこのうちに来るたった一羽の鶯は、どこで誰からあのいい鳴き方を習ったんだ？」

「あなた、ってほんとうに変なことをくどくど考える人なのね」

「そんなことはないけど」

「あなた気がついた？　叔母さんが、きれいにお化粧してたの」

「いや」

「口紅もうっすらとつけてたし、眉も引いてたでしょう」

「そりゃ、女だから、ばあさんになっても化粧くらいするんじゃないかな」

「そんなことをしますか。ほっておけば、もう何日だってお風呂にも入らないし、着替えもしなくなってるのよ、叔母さんは」

そんなものか、と一郎は思った。

「私ね、あなたがトイレに立った隙に、叔父さんに聞いたの、お化粧のこと。そしたら毎朝、叔父さんが叔母さんに顔を洗わせた後で、必ず眉を引いて薄い色の口紅だけ塗るんですって。それだけで若く見えるし頭がしっかりしてる女のようになるからって」

一郎は軽く顔を顰《しか》めた。

「叔母さんは幸福だわ。看護をしてくれる夫だけだってなかなかいないのに、その上、眉まで引いてくれる夫なんて、ほぼ間違いなくいないと思うわ」

「僕はそっちより、あのホーホケキョの方に感動したね。あれは誰に習ったのかな。独学でホーホケキョと鳴けるわけないだろう」

それは一郎のごまかしであった。叔父と叔母と二人だけの世界の持つ圧倒的な強さに、一郎はなぜか気がつかないふりをしなければならないと感じて足搔《あが》いたのであった。

朝市の会話

その朝、私が翻訳を手がけていたのは偉大なる祖父の『ベン・シラの知恵』の中で、死について語っているところであった。
祖父は書いていた。
「ああ死よ、お前を思い出すのは何と辛いことか。
財産があり、安穏に暮らしている者にとって、
また、心を乱すことなく、すべてにおいて栄え、
今もなお楽しみを味わう力を持っている者にとっては」
私がそこまで訳して、果たして祖父の生涯は幸福だったのだろうか、と思いかけた時だった。門の方に人の気配がして、私の背後から、がっしりした足音が近付いて来るのが聞こえた。

私は振り返り、健康な笑顔を見せた一人の背の高い中年の男が、体を揺すりながら入って来るのを見た。それはソラヌスという、手広く塩の商売をしている男だった。

「眠い眠い」

と彼は白い歯を見せて笑った。

「何をしていたのかね」

と私は葡萄棚の下の椅子を勧めながら言った。

「徹夜さ」

この男はくずれた生活をしている人で、ユダヤ系の社会では、除《の》け者にされている面もある。しかし、私はどんな人とも付き合ってきた。それは我が家に伝わって来た心情のようなものだろう。自分は自分、他人は他人である。人の生きる道は、それぞれが選ぶ。あんな人と付き合うと、世間からどう思われるかわからない、というような危惧を抱いたことがない。神の裁きは、決して他人の分を私に負わせたりしない。人は自分の生きた道の分だけ裁かれる。

第一、私は彼のほんとうの生活を知りようがない。私が知っているのは、世間の噂に過ぎない。噂に流される人は、人並みか、それ以下しか受けることができない。しかし噂に流されなければ、自分のための魂の花園を造ることも可能だ。主は偉大な方である。

その世評によると、彼の女性関係はかなり激しい、と聞いていたから、私は彼の徹夜の原因を瞬間的に情事と結びつけて考えていたのだ。そのあたり、私も口ではいいことを言いながら、現実は通俗的なものであった。

「芝居を見たことはあるけど、自分が舞台の袖にさえ上がったことはなかったんでね」

とソラヌスは言った。

「どんな芝居をしたんだね」

私は芝居も好きである。舞台の上の芝居はしばしば絵空事という感じがするのだが、それでも嫌いではないのだから、現実のドラマを見聞きできたらすばらしいことだ。

彼の話によると、彼は昨日、一人の女性が家を抜け出す手引きをしたというのだ。ほほう、やっぱり情事の相手か、と私は思いかけたのだが……どうも様子が少し違う。

「誰だね、相手は」

「名前はまあいいだろう。女だよ、人妻」

私はこういう時の彼の言い方がひどく好きである。一見、女好き、好色のように見えて、色ごとだけではない温かいものがある。

「その女の亭主はシシリーにいる。お偉いさんの一人さ」

夫の留守に男ができたのか、と私はまだ想像していた。

「彼女は夫の任地について行きたい。しかしそれができなかった。それで強硬手段で、家を抜け出したんだ」

「なんでそんなことをしなけりゃならなかったんだ？　自分の夫のとこへ行くんだろう？」

「母親の身勝手さ。自分の傍《そば》に娘を置いておきたいもんで、娘が夫といっしょに行くことを許さなかったんだ」

「やれやれ」

ひどい母親だ、という言葉は呑み込んで、口には出さなかった。

「ところが俺は、その母親の方に、少し惚れていたところがあったんだ。近付いたら火傷《やけど》する、ということはわかってたから、傍に寄ることはしなかったけどね。世の中は、いつだって自分の思い通りになる、と考えてる驕慢《きょうまん》な女というものはなかなかかわいいもんでね」

「彼女が、失意のどん底に落ちる時を待って、すかさず慰めに行くか？」

「俺は、それほどワルじゃない」

そう言って笑う時の顔が、また何とも人がいいのである。

「それでその娘の方から、相談を受けて脱出の手引きをしたというわけか？」

「全くね。俺も今までに相当おかしなことをして来たけど、妻が夫のもとへ行く陰謀に荷担したことだけはなかったよ」

ソラヌスの話によると、彼が便船を見つけてやった。そんな金持ちの家の娘なのに、彼女には自由になる金もそれほどはなかったので、彼が自分で船賃の一部を立て替えてやったのである。

金持ちが金に不自由していることは、それほど珍しいケースではない。人は自分で働いた金しか自由にならないものだ。だから真の自由人は、自分で働いた金を使う。自分で金を稼げるのに働かない人間や、人からもらった金で生きようとする人は、自由を得る資格が元々ないのである。

お供は、二人のメイドと二人の召使だった。夜半過ぎに、メイドが仲間の着るような粗末な服を持って来た。若奥さまがそのような貧しげな衣服を身につけるのを見て、彼女たちは涙を流した。それから「五人の召使たち」の一団は、ロバで波止場に向かった。船は夜明け前に出帆した。その白帆が朝日に小さく映えて動いて行くのを、ソラヌスは見送った。爽やかな祝福された朝だった。肩の荷が下りたようで背中のあたりがすかすかした。

「それなのに、さっきから急に疲れが出た」

ソラヌスは笑った。

「俺は、何に荷担したのかな」

「そんなことが気になるのかね。あんたとしたことが……覚悟してやったことだろうが」

私は笑った。

「そうだ。人間は何度か愚かなことをする。愚かなことをする、という運命を肯定しさえすれば、気が楽になるんだ。ありがとう。ここへ来るまではとてもそう思えなかった」

こういう態度がこの男の魅力なのであった。

「答えを出したのは、あんた自身なんだがね」

「そんなことはないよ。現にこの家に来るまで、なぜか悪い疲れが取れなかったんだから」

ソラヌスは立ち上がり、

「済まない。仕事の邪魔をしてしまった」

と私の仕事机の方を見ながら言った。

「いやいや、人生を感じずに生きのいい翻訳なんかできるわけがないんだ」

「ありがとう。ばかなことをした日もまたさわやかなもんだ、ということがわかった」

私は彼をアレキサンドリアのいばらと呼ばれる花の垣根の向こうに見送った。それから机に向かうと残りの部分を一挙に訳し終えることができたのである。

「ああ死よ、お前の宣告は何と喜ばしいことか。

力が衰えて、困窮している者にとって。

また、すっかり年老いて、ことごとに心を乱し、
怒りっぽく忍耐心を失った者にとっては。

死の宣告を恐れるな。

お前の先に去った人々と、お前の後に来る人々を思え」

「何と喜ばしい」と訳す部分の「喜ばしい」には「カロス」という言葉を当てた。美しい、すばらしい、明るい、良い目的に使うことのできる、などという意味をすべて含んだ比類なく壮麗な喜びの言葉。

明日には夜逃げした若妻を乗せた船は、シシリーに着くという。


薦田《こもだ》太吉《たきち》は、律義に年に二度、旅行会社の国内ツアーに申し込んで旅をすることにしていた。

四年前に妻を失ってから、「普通の生活」をする気になるまで一年はかかった。二年目の半ばから、家にばかりいてはいけない、と自分に言い聞かすようになった。嫁いだ娘も、車で十分ほどの所に住んでいるから、時々来ては、掃除や洗濯をして行ってくれる。しかしじっと家の中にいると、足腰も弱くなるし気も滅入る。

旅をしよう、と思ったが、一人で行くのも寂しいものであった。そうなると団体旅行

の方がいい。相部屋の人とも口をきかねばならないし、食事のテーブルでいっしょになった人とは、世間話もしなければならない。

太吉は、県庁に勤めていて定年を迎えたのであった。旅行をする金くらいは年金がある。律義な太吉は、近くの大手の旅行会社からパンフレットを取り寄せて、いろいろと検討した。妻が亡くなって以来、初めて少し心が躍るようであった。

それ以来、年に二回と決めて旅に出た。一度行くと、子細に記録をまとめるのに二週間はかかる。写真を整理し、実際にツアーが行った名所やその謂《いわ》れ、宿屋の部屋番号から風呂場の状況まで書きつける。

それが終わるとほっと一息つく間もなく、次の旅行の候補地選びにかかった。早く決めて、その土地に関する本を読まねばならないからである。酒も過ごさず、カラオケでマイクを放さないなどという客でもないので、旅行会社はおとなしくて扱いいいおとくいを見つけたと思ったようだった。顔馴染みの添乗員も親切にしてくれた。

その北の海に面した温泉地で、その日の一番目のスケジュールは朝市を訪問することだというので、女性たちは張り切っていた。戦争中の貧しさを少し知っている亡き妻の世代だけが食料を買い込むことにあんなに熱心だったのだ、と思い込んでいた太吉は、もっと若い世代の女性でも食べ物を買うのが好きなので、初めはひどく驚いたものであった。

しかし旅馴れるに従って、それも予測できるようになった。市場では、三十分後に集合と言っても、買い物に熱中すると、それが四十分にはなるのは普通だから、太吉はその時ばかりはたっぷり三十分の散歩に当てることにしていた。一人暮しでは、たらこでも漬物でも、買ってみたところでとうてい一人で食べ切れないことがわかってからは何も買ったことがない。

朝市は露店のような形で、花や、野菜や、魚を売っている。妻がいたらどれも買いたがったろう、と一瞬思ったが、最早激しい心の痛みもなくなっていた。太吉が住んでいる町でも魚は一匹で売るのだが、何しろ太平洋の魚だから、この北の国の魚の方が脂が乗っていて色艶がいいような気がする。

中に一軒、貝を茹でて売っている店があった。茹でたてを買って行く人があるところを見ると、この茹で貝は名物らしい。太吉が思わず立ち止まってじっと眺めていると、露店の「売り子」の中年の女が、

「旦那さん、よかったら食べて行きなさいよ」

と声をかけた。

「ここで食べさせてくれるの？」

「よかったらどうぞね」

女は屋台の傍らに置いてあるニスの剝《は》げた丸いスツールを指した。

「茹でたても茹でたて。ここで食べるのが一番おいしいのよ」

「それはそうだろう」

朝飯は済ませたばかりだったが、ちょっと食べて行く気になった。貝は硬そうに見えても、消化のいいものだ、というような生半可な知識もちらと脳裏を掠《かす》め、太吉は勧められた椅子に腰を下ろした。

「奥さんは元気ですね」

太吉は言った。昔はこの程度のお愛想一つ言えない性格だったが、年に二度の旅行のおかげで、少し「社会性」ができたのかもしれなかった。

「元気、元気。もうこの年になると怖いものがないから」

「まだそんな年でもないでしょう」

太吉は言った。

「それはあんたさんが、失うと怖いものがあるからですよ」

相手は言った。

「そうかなあ。僕は女房も死んじゃったし、娘も結婚して、近くにはいるんだけど、旦那とうまくやってるから、もう別所帯だものね。とっくに失うものは失ってるんだ」

「でもそれは、娘さんがいい娘さんで、いつでも顔見られるから、未練があるんですよ」

巻き貝の身は楊子《ようじ》で簡単に引き出せたが、すばらしい適切な塩味だった。醬油とレモンがそこに置いてあったが、何もつける必要はなかった。

「奥さんは子供いないの？」

「息子と娘がいたですよ」

「いた、って亡くなったの？」

「生きてますよ。どこかにはね」

相手はそれをつやつやと張り切った頬に健康な笑いを浮かべながら言った。

「息子と娘なんて、贅沢だね」

「息子は割りと近くに住んでるらしいですけど、ほとんど家に来ないんですよ」

「ほう、どうして？」

「私がこういう性格でしょう。だから口が悪いのよね。しっかり働きな、とか、友達は助けるんだよ、とか、つまらない説教垂れたんですよ。そうしたら、母さんに怒鳴られると脅えてしまうから、とても家に帰れない、って言い出したのが始めで、もう帰って来ないですよ」

「へえ、でも電話くらいかければいいのにね」

「怖いからかけて来ないんでしょう。その前に、息子は私に謝れ、って言ったから、私、何だかわからないけど、謝ったんですよ」

「親子なんて、そんなに白々しく謝るもんじゃないと思うけどね」

「初めは、私も夜電話が鳴ると、もしかすると、あの子からじゃないかと思って出たんですよ。でもそうじゃなかった。そのうちに、あの子から直接かかって来るとは思わなくなったけど、もしかすると、怪我したとか、病気だとか、そういうことだったらやっぱり出なきゃ、と思ってね。やはりそういう期待ででも電話には出てたんだけど、それも、この頃じゃ何だか虚しくなってね。電話は余所《よそ》の人からかかるもの、と決めたんですよ」

話の内容とは別に、再び張り切った朝日に輝くような笑顔が浮かんだ。

「娘さんはどうしたの？ 娘さんはいい娘なんじゃないの？」

「娘は、時々手紙はくれますよ。リビア、という国にいるんですよ。その国の電気技師の人と恋愛結婚したから」

「ほう。でも手紙のやり取りをすればいいじゃないか」

「それが私の方からはできないんですよ。娘は、自分の住んでるところもわからないんだから」

「どうして？」

「あの国はアラビア語だけしか書いちゃいけないんですって。だから娘は自分の住所が書けないんですよ。何とかいう将軍の銅像のある広場まで行くと、娘の家は三軒目にあるそうですけどね。私が訪ねて行くこともないしね。娘の婿さんは薄給だから、とても日本までの飛行機代はないんですって」

「でも向こうからは手紙が来るだろうし、いつか元気なら会えるよね」

「どうですかね。子供が三人もできた、っていうしね。実際問題として、子供三人連れて貧乏してたら、帰れるわけないでしょう。私はこっちで幸福です、なんてよく書いて来るけど、帰る国もなくて幸せなんてことあるわけないでしょう。だから私、もうぜんぶ諦めたの。一人だと思えばいい。そうしたら、お客さん、怖いものもなくなったの。この世がいいとこだと思ってる人は死にたくないよね。でもこの世が悲しいと、死ぬことなんかありがたいことに平気になるの」

「旦那さんは、どんな人だったの？　最後に聞いて帰りたいな」

「主人は五十歳で死んじゃったんですけどね。漁船に乗ってて、いい男だったのよ。優しくて、白い歯出してよく笑うしね。私の作る味噌汁はうまいうまいってよく食べるし、二人でいつも朝日の中でご飯食べたもんですよ。あの頃は幸せだったのよ。ああいう暮しが続いたら、私、とても死ねなかったね」

「でも、今は死ぬのが怖くなくなった……すばらしい悟りじゃないか」

「そう、お坊さまが言われましたよ。人間苦しいことがあると、人間が上等になるんだってね。だから私は、息子に感謝してるの。ほんと、お客さん、息子のこと、どうか悪く思わないで頂戴」

　それから彼女は声をひそめるようにして、四つほど離れた露店の台の前に立っている老女の方を軽く顎で指すようにした。

「あの人、ああ見えてもお金持ちなのよ。貯金もたくさんあるしね。ご主人もいるし、銀行員の孝行息子もいるの。息子夫婦と同じ屋根の下で暮らして、自分の家の敷地内に娘夫婦も住まわせてるのよ。

だからあの人、死ぬのが怖くて怖くてたまらない。なまじっかお金も持ってるから、なくなったらどうしよう、ってそればっかだね。毎日漢方薬やらビタミン剤やらを山のように飲んで、それでもまだ、ここが悪い、あそこが痛い、って医者通いしてますよ。でも私は、お産の時以来、寝たことないの」

それから間もなく集合の時間だった。

「ごちそうさま。すばらしい話もありがとう。幸福も考えようだね」

「ほんとうですよ。死ぬのが怖い人は、さしあたり気の毒だよ」

相手はちょっと真面目な顔になった。

蜜蜂の沈黙

どうしてこう女どもの話というのは、物質的なことばかりなのだろう。とは必ずしも言えないかもしれない。私だって、妻とその友達の噂話を妻から聞かされた時には、「何をそんなくだらない話を」と言わんばかりの顔をしていたのだが、実はけっこう興味を持って聞いていたのだから。

話というのは、妻の友達が、今を時めくエフェススの女流画家イレーネの絵を買ったというニュースである。彼女の夫は、アレキサンドリアの港の長官だから、かなりの金持ちだし、買ったとは言っているが、実は賄賂《わいろ》としてプレゼントされたものではないか、というのが、もっぱらの噂だと言う。

しかもその絵は大変珍しいものだった。イレーネ自身は、評判の美女だが、絵は彼女の自画像で、鏡を使って描いたものだという。しかもその絵は、象牙の板の上に描かれており、髪や顔の輪郭の一部は、象牙にも彫りを施したものである。イレーネは彫りこんだ細い溝の中に金を埋め込んだり、他の部分に彩色したりしている。もちろんなめらかな肌の部分などは普通に絵の具で描いているのだ。これは芸術家としての彼女の、自由な才能のひらめきを、遺憾なく発揮したところだろう。

しかし妻とその友達の興味のポイントは、もっぱらその絵の値段なのだ。何しろ噂では、それは屋敷一軒買えるほどの値段だというのだから。

しかし私が少し羨ましいのは、私とても美女の肖像画というものがかなり好きだからである。自分一人で眺められる美女を、自分の家に飾っておけるということは、自分の家に美女を一人迎え入れるのと似た喜びであろう。

それが言いわけになることではないが、偉大なる祖父の『ベン・シラの知恵』の翻訳の仕事は、今日はほんの僅かしかできなかった。「分別について」という個所のたったの六行だけである。

祖父は言っている。

「腹はどんな食物でも受け入れる。
しかし、或る食物は、他の食物に勝る。
舌が獲物の肉の味を見分けるように、
賢い心は、偽りの言葉を見分ける。
心のひねくれた人は悲しみの元、

しかし経験の豊かな人は、彼に報いる」

私はちょっと考えてから、祖父の書いた「分別」という語にギリシア語のシュネスイスを当てた。実にシュネスイスという語も、言葉としてすばらしい実質的な強さを持っている。それは経験から端を発した知識を指す。観念ではないのだ。経験や体験を素直に受け入れ、しかもそれを判断し、理解する力全体を意味する。

最後の二行は、祖父の表現でも、少しもって回った言い方になっていた。それはこういうふうに解説的に言い換えることもできる。

「先手を打って、心のひねくれた人に仕返しをする。それが経験の豊かな人というものだ」

なるほどそういうものか、と思う。確かに不意打ちを食うように相手にやられてしまえば、憎しみが募るだろう。しかし自分が先に攻撃しておけば、こちらから相手を憎むということだけはなくなる。

祖父は深い憎しみを覚えるという機会を、この世で持たないようにさせたかったのだろう。いずれにせよ、妻とその友人のお喋りで、今日の分の私の仕事が確実に減ったことだけは確かだ。

内海晴彦は自分と妻の洋子が、どこから見ても、外見は幸福そうな明るい夫婦に見えるだろうということを自覚していた。

晴彦は三十八歳。妻が三十五歳。洋子は派手な目鼻だちで、高校時代はスペイン人みたいと言われたというし、晴彦も甘い顔だちで、学生時代には友人を通して、これがスカウトというものかな、と思われるような婉曲な誘い方でテレビ・ドラマの端役の出演の交渉を受けたこともある。しかし晴彦はどちらかと言うと山にこもって林の中を歩いたり、本を読んだりすることが好きな性格だったから、せっかくのタレントとしてのデビューの機会かもしれない勧誘にも、もちろん応じなかった。

洋子とは、大学四年の秋――もうその時は、タイヤの製造会社への就職が決まって東欧の旅行へ出たのだったが――ブダペストで知り合い、犬の美容師の仕事をしていることに興味を持った。晴彦自身も子供好きだったし、洋子もほんとうは犬より子供の面倒を見る仕事に就きたかったと言った。そんな話をしているうちに、晴彦はこういう娘と「子だくさん」と言われるような家庭を持って暮らすのも悪くないなあ、という気分になって来たのであった。

しかし、およそ皮肉な人生というものは、すべて第一に計画したことからかなえられないものかもしれなかった。三年が過ぎても、夫婦には子供ができなかった。晴彦は何となく、原因は洋子にあるような気がしていたが、或る時、知り合いになった医者に勧められて検査を受けると、原因はほぼ百パーセント、自分にあることがわかった。

それから時々、夫婦は深刻な会話を交わした。貰い子をすることから、他人の精子をもらう人工授精まで、可能性のありそうなことはすべて話題に出た。しかしそういう不自然なことは嫌だと言ったのは洋子の方だった。

「何だかわからないけど、私たちが嫌でもそうさせられてる通りに生きているのが一番いいと思うの」

晴彦は、その妻の言葉の中に、深い知恵を感じた。いいと言ったって悪いと言ったって、実はそれ以外の生き方を人間はできるはずがないのであった。

晴彦はそれ以来、受け身の生き方がうまくなったような気がした。別に子供のできない理由が自分の方にあるからということで、僻《ひが》んだわけではないのだが、妻のおもしろがる人とものと世界に、自分を合わせるという習慣をつけたのである。タイヤ会社の同僚とは付き合わない、というわけではないが、休みの日に尾瀬を歩く旅行も妻の会社の人たちとであり、土曜日に小さなパーティーを開くからというので招かれるのも妻の仕事関係の知り合いであった。

伊豆高原にある、森下という妻の顧客の一人の別荘に招かれた時もそうだった。夫が一カ月、ドイツに出張しているので、森下夫人は寂しくてたまらない。ルミとリカを連れて別荘へ行くから、あなたたちもご夫婦で来てよ、と言われたというのであった。

「娘が二人いるの?」

と晴彦は尋ねた。

「ううん、娘は五年生のが一人で、後は一匹」

「ルミとリカはどっちが一匹なのさ」

「一匹はルミの方よ。でも一人と一匹なんて言わないでね。ルミのことだって、この子、この子って言ってるんだから、二人とも人間扱いにして話さなきゃ、いけないのよ。気をつけて」

「洋子はその人と気が合ってるのか？」

「ううん」

それはむしろ激しい否定的な口調だった。

「神経の粗《あら》い人なのよ。だからでたらめ、と言うか……私たちに子供ができないこと、別に説明したわけでもないんだけど、『子供、ってすばらしいわよ。子供のない人、って気の毒だわ』って言ったり、『うちはもう子供は一人でたくさん。お産てあんな苦しいものだと思わなかったもの』なんて平気で言うような人なんだもの」

つまり森下夫人は洋子の持っていないすべてのもの、既に子供を授かっていることと、子供を産める機能を有していることとを、悪気はないにしても、あまりにも無防備に見せつけて平気な性格らしかった。

「そういう人と何で個人的に付き合うのさ」

「悪気はなくて、ご都合主義なんだけど、本気で私と遊びたがってるから」

それで理由が説明されたとも思わないが、洋子が行くつもりなのだから、晴彦も行くことにしたのであった。遠くにではあるが、海の見える別荘は、三年前に建てたという二階家で、半円形のテラスがあるのがご自慢だった。

「今、大騒ぎをしてたの」

晴彦夫婦が土曜日の昼過ぎに別荘に到着した時、赤い水玉模様のワンピースを着た森下夫人は娘のリカとコッカスパニエルのルミと、一団になって二階から下りて来ながら言った。

「どうしたんです？」

蛇でも家の中に入って来たのか、と一瞬、晴彦は想像しながら言った。

「蜂なのよ。どうしてだか、昨日から部屋の中にやたらに蜂が入って来ると思ったら、ベランダの煉瓦の中に巣作ってたの」

「それは危険じゃありませんか。巣は取らなきゃいけませんよ」

蜂ではないが、晴彦はデンキクラゲに刺されて、数時間ひどく苦しんだことがあった。

「それはそうなんだけど、殺すのもかわいそうじゃないの。だからどうしようかと思ってるの」

それは晴彦が世間でよく聞く退屈な台詞《せりふ》のパターンだった。蜂に刺される危険を承認します、というのでもない。刺されるのは困る、と言いながら、蜂はかわいそうという矛盾の塊である。

ひとしきり挨拶が済むと、晴彦夫婦は二階の客間をあてがわれた。隣のリカの部屋と、半円形のベランダを共有している。森下夫妻の部屋は真下にあるようだった。

持って来たみやげの果物を出しながら、妻が階下のリビングで喋《しゃべ》っている声が聞こえてくる中で、晴彦はベランダに出て蜂の巣の在り処を確かめた。排水口のすぐ上の煉瓦の割れ目の中に巣はあるらしく、常に十数匹の蜂が忙しく出入りしていた。その晴彦の姿を、下膨れの顔に眼鏡をかけたリカが窓からじっと見ていたので、晴彦は尋ねた。

「リカちゃんは、蜂に刺されたことないだろう」

「あるよ」

と娘は近眼鏡を擦《ず》り上げながら答えた。

「幼稚園の時、お母さんと、伊勢のお祖母さんちへ行って、その時手を刺された」

「じゃ、痛かったろう」

「でもすぐおしっこかけなさい、ってお祖母さんが教えてくれたから、何でもなかった」

素人の医学的な知識はいいかげんなものだが、蜂は、二度目に刺された時が危ない、という説もある。

この蜂の巣は、退治して行ってやらねばならない、と晴彦は思った。晴彦は友達と行った北陸の田舎で、土蜂の巣をやっつける方法を友人の従兄に習ったことがあった。それを蜜蜂にも応用すればいいだけである。森下夫人はおっとりと構えているが、こんな近くに蜂の巣を放置しておくことは、リカにとって危険であった。

その午後、女たちが階下でずっと喋っている間に、晴彦はベランダのデッキ・チェアで居眠りをするといいながら、実はじっと蜂の巣を観察していた。その一方で、晴彦は、多くを語らない妻の心を考えていた。子供の存在を見せびらかすような心ない森下夫人に対して、洋子は、破壊的な殺意を覚えたことなどないのだろうか。さもなければ、意識下で、リカが死んでしまえば、さぞかし爽快だろう、というような悪魔の無言の囁きを心に聞いたことはないのだろうか。

自分には確かにそのような悪魔を持つ心がある、と晴彦は感じた。しかしそれならおのこと、心ない森下夫人に報復することも必要であった。そしてその報復とは……森下夫人の知らないところで、それとなくリカの安全を守ることでもあった。

夕方になったら、巣をやっつけよう。

晴彦は今日を最後に全滅することになるかもしれない蜂たちの最後の日の姿を、一瞬無残に感じた。蜂たちは疑いもなく、恐らく今日も昨日と同じように平穏に終わると感じているだろう。彼らは労働の高揚した気分を高い金属的な羽音に含ませて巣を出入りしていた。

この中にも怠け者の蜂がいるのだろうか、と晴彦はおかしくなった。もちろん個体には必ず癖があるから、他の蜂が直径二ミリの蜜の玉を運んで来る時に、一ミリの軽い玉でお茶を濁している蜂がいないわけはないだろう。問題は他の蜂はそのことに気がついているかどうか、ということだ。そして気がついているなら、その時他の蜂にも嫉妬や反感の感情が生まれ、それを怠け者の相手にどのような形の懲罰として表現するかであった。

土蜂の場合、友人の田舎の従兄は、日がほとんど暮れるまで待っていた。日が暮れればその巣に帰るべき蜂は、一匹残らず巣に入ってしまう。そこで一網打尽にできるのだ。早くことをしようとすると、まだ外に残っている残党に襲われることになる。

その時間になったら、まず、巣の入口にザルを置いて蜂どもを閉じ込める。それから、噴霧式の殺虫剤をほとんど一缶注入すれば、「それで終わりや」と従兄はこともなげだった。

おもしろいことにベランダの蜜蜂の動きは午後三時をすぎるとぱたりと止まった。巣の入口付近には、静寂が戻った。土蜂より帰宅時間が早いという感じだった。これではんとに全員が巣に戻ったのだろうか。帰りに赤提灯に立ち寄って酔いつぶれたり、カラオケの趣味や隠し女との情事で、いつも帰宅時間は一定しない、という蜂がどこかに一四二匹残っていないのだろうか。

「紙とガムテープと、殺虫剤はありますか？　もしなかったら、僕、町まで行って買って来ますけど」

と晴彦は階下に下りて行って尋ねた。

ガムテープと殺虫剤は台所にあった。紙はリカの宿題の書き損じをもらうことになった。晴彦は念入りに穴の周辺を排水口まで取り込んで紙の中に閉じ込めた。僅かな煉瓦と煉瓦の間の溝を伝って脱出する蜂がいないように、ガムテープを細かく千切って貼り付け、退路を遮断した。それから予《あらかじ》め開けてあった蜂が出入りできないほどの穴から、連続して殺虫剤を噴霧した。紙は液で濡れて、リカの宿題の字が滲むほどになった。缶がほぼ空になったと思われる頃、晴彦は手を止めて、さらに薬液を噴き込んだ小さな穴まで、執念深くガムテープで止めた。晴彦はそういう自分の残酷さが少し嫌な気がしたが、リカを守るためならば仕方がない、と割り切っていた。

しかし巣の中からは、晴彦が恐れていたような騒ぎは起きなかった。少なくとも、それは外へ聞こえて来るほどではなかった。ただ思いなしか、入口を塞ぐために張りつけた紙の中央部が膨らんで来たように見えたが、それは薬液で濡れたせいなのか、外へ逃げ出そうとした蜂が、そこへ殺到して死んでいるからなのか、晴彦にはわからなかった。

晴彦はそれを見確かめるのが嫌だった。

「おじさん、この紙は、いつ剝がすの？」

並んでしゃがみながら見ていたリカが言った。

「明日までこうしておこうや。万が一生きているのがいて、襲われると怖いから。それにこうしておけば、薬もよく効くだろう」

「それもそうだね」

「君が東京へ帰る時、剝がして行ってよ」

それは狡《ずる》いやり方だった。晴彦は殺戮の結果を見るのを、この娘に押しつけたのであった。

「でももちろん、嫌ならこのままにしておいたってどうってことないよ」

「ママぁ、おじさんが蜂退治してくれたよ！　多分全滅したと思うよ」

リカは階下に向かって叫んだ。

「まあ可哀相に！　でもそれで安心だわねえ」

人間の言葉の多くは、何と深い意味を持たないことだろう、と思いながら、この夕方の静寂の中に、晴彦は蜂たちの死の沈黙を聴いていた。

人生の待ち時間

妻とその友達が今日も騒いでいる。聞き耳を立てているつもりはいささかもないのだが、否応なしにその声が聞こえて来るのだ。

昨日、一人のギリシア兵が、灯台へ続く道で、白昼エジプト人たちになぶり殺しにされた。私はもちろん現場を見たわけではないので、何とも言えない。しかしそのギリシア兵は何でも猫を蹴殺したので、エジプト人たちが報復したというのだ。恐らくそのギリシア兵は、自分が食べようと思っていた魚か肉をエジプト人の飼っている猫に泥棒されたから、腹立ちまぎれか、猫にお仕置きをするつもりで蹴ったに違いない。

しかしエジプト人たちにとって、聖なる猫を殺すということは、偉大な神々に対する冒瀆《ぼうとく》なのだから、彼らは逆上したのだ。鰐《わに》も猫も、彼らにとっては神聖この上ない。そしてギリシア人はいつもそれを笑っている。

似たような感覚を、エジプト人もギリシア人も、ユダヤ人に対して持っている。我々はトカゲの死骸が浮かんだ水甕《みずがめ》の水など決して飲まない。しかしエジプト人もギリシア人も、死骸をぽいと捨てるだけで平気なのだ。彼らには、汚れの感覚も浄《きよ》めの欲求もない。

妻たちのおしゃべり論争は、果てしない。エジプト人の猫に対する異常な崇《あが》め方をばかにし、なぶり殺しにされたギリシア兵を可哀相だという。しかし同時に猫を蹴殺すようなギリシア人も許せないと言っている。

つまり彼女たちは、もめごとを楽しんでいるのである。ことにユダヤ人と関係のない社会で起きたもめごとは、蜜の味だ。表向きは、ギリシア兵が残酷だ、とか、エジプト人が無法だとか言っているが、つまりそのどちらも悪者なのである。悪者同士が殴り合ったり、殺し合ったりすることは、少しも悪いことではない。

しかしこの悪者たちは、陰では猛烈に我々ユダヤ人の安息日《シャバット》の生き方を笑っている。安息日は安息の日なのだから、私たちは一字を書くのはいいが、二字を書いてはいけないことになっている。二字を書けば、「書く」という働きをしたことになる。

私自身もその規定に従っている。なぜかと言えば、神がそれを命じたもうたというこことになっており、その真意は、人間にはわからないからである。人間の知恵には限度があることを祖父は繰り返し違う言葉で説いた。人間はわからないことだらけなのだ。だからわからないことでも、神がそれを命じたもうたということであれば、それを守っておくというのが人間の分際を知ったもののやり方だろう。

私たちユダヤ人は、豊かな安息日の規定を持っている。それは整然としていて美しい。私たちユダヤ人は安息日を厳密に考えることで複雑な思考に耐える訓練をして来た。ギリシア人たちは、我々ユダヤ人が安息日にはノミを取るという行為もしないことを笑うが、そこにギリシア人たちの浅薄さがある、と私は思うのだ。ノミを取るという行為くらい、猿でもする。だからそれを敢えてしないのが安息日なのだ。

ギリシア人には、我々ユダヤ人の深い知恵を見ぬくことはできない。私はいつか見た光景を思い出す。アレキサンドリアの町の一番外にある一件の宿屋の中庭でのできごとである。

一人のユダヤ人がロバを引いて、まさに安息日に入ったばかりの夕刻にそこに着いたのだ。数人のギリシア人が酒を飲みながら、ということはもうほとんど酔っぱらって、中庭に屯《たむろ》し、入って来る客たちを不作法に眺めていた。

一人がユダヤ人の旅人を見ると、大声で言った。

「お前のロバは可哀相なロバだな」

もう一人が、尻馬に乗って言った。

「明日の夕暮れに安息日が終わるまで、ロバは荷物を乗せたまま立たせておく気かよ」

最後の一人も付け加えた。

「多分、そのおいぼれロバは、くたびれて死んじまうだろうぜ」

もちろん彼らは、我々ユダヤ人が安息日には荷下ろしという労働をできないことを知っていたから、こういうからかい方をしたのである。

すると、その精悍《せいかん》なユダヤ人は、無言のままにやりと歯を見せて笑った。私は今でも彼の健康な歯の白さを忘れられない。

彼は酔っぱらいのギリシア人たちには何も言わず、ただ荷を縛っていた紐をゆっくりと解いた。それだけのことで、ロバの背の荷物は自然にずるずると地面に落ちたのである。彼は自ら荷下ろしをしなかったが、その知恵でことを解決したのだ。ロバは重荷から解放されて、喜んで耳を震わせていた。

ギリシア人たちは、我々ユダヤ人が安息日を考える時、家畜にも安息日を守らせるということを知らなかったのだ。ギリシア人たちの美学は底が浅い。しかしそれでもギリシア人たちは我々ユダヤ人を頑迷だと言って笑う。

今日私が訳していた偉大なる祖父の『ベン・シラの知恵』の部分は、実に昂然とした響きを持った個所である。それは神の裁き、神の視線を示したものだ。それを私は、妻たちの愚かしい噂話の雑音の中で訳している。神の意図は複雑なるかな！

「人の道は常に主の前にあって、

主の眼から隠されることはない」

「人のすべての行いは、主には太陽のように明らかであり、主の眼は絶えず彼らの道に注がれている」

聞くところによると、ギリシア人の中には、神々は祭りや快楽の時以外にはいないと公言してはばからないのもいるそうで、そういう人間は野獣よりも恐ろしい。なぜなら、主の眼がなければ人は何でもできる。何が恐ろしいと言って、主なき人ほど怖いものはない。野獣は爪と歯を持つだけだが、人間は悪知恵を持ち、途方もない殺意の実行方法も知っているのだから、主の存在がなければ野獣よりはるかに恐ろしい行動に出る。

「人の不義の行いは主から隠されることはなく、
そのすべての罪は主のみ前にある」

そして、

「主は人の親切《カリス》を瞳のように大事にする」

と祖父は書いている。これもすばらしい部分である。

カリスという語は快い陰影を含む。カリスは、親切でもあり、恵みでもあり、恩《おん》寵《ちょう》でもあり、感謝でもあり、好意でもある。その言葉は主、人間ともにどちらにも使える。

「最後に主は立ち上がって彼らに報いを与え、

彼らの頭上にその報いを下す。
その時、主は回心する者に立ち返る道を開き、
忍耐を失っている者に慰めをお与えになる」

星山三郎は、半年ぶりにC市に出張した時、高校の同期生の九住正一《くずみしよういち》が、最近、支配人になったホテルに泊まることにした。最近ホテルは過剰供給で、すぐ前にも新しいホテルが建ちかけている。ホテル業の苦労はいつも形を変えてやって来る、と九住は言う。一時は人手不足で、どうやってホテルをやって行こうかと、夜も寝られない日もあった。しかし今、人手は余っている。ただし今度は客の方が足りない。人生はいつも皮肉なものであった。

九住の愚痴はからりとした上等なものであった。愚痴など一切言わないで、いいことばかり言う見栄っぱりも時々いるから、そういう同級生は敬遠しているが、ひさしぶりに九住の上等なぼやきを聞くのはいいな、と思えるのである。

特に九住支配人に僕が行くと伝えておいてください、とも言わなかったのだが、ホテルという所は本質的に地獄耳的なところがあるから、チェックインする時に、既にメッセージが残されていた。

「六時少し過ぎまで仕事でB市まで出ていますが、それ以後は戻って来ています。ご連

絡ください。九住」

ちょうどいい時間であった。星山は夕方六時半にはホテルに戻り、シャワーを浴びてから、下の天麩羅のスタンドで定食を食べた。それから、七時少し過ぎるのを見計らって九住に電話をかけ、十七階のバーにいるから、と伝えた。

このバーは、景色もいいし、落ちつくので、客を連れてくる時にも利用する。ボーイの中にも、星山の顔を覚えているのがいて、「支配人から、すぐ伺います、と連絡が入っておりますから」と笑顔で迎えた。

案内された席が奥の方だったので、星山は幾つものテーブルの前を通った。まだ時間が早かったので、客はそれほど多くはなかった。一つのテーブルは星山のあまり好きでない女子学生風の一団に占領されていた。別に女だてらに酒を飲むな、とは言わないが、星山はなぜかホテルのバーの女性客が嫌いだった。

他に星山と似たようなサラリーマン風の三人連れがいた。彼らは、仕事を終えて飲んでいるというより、まだそこで仕事の続きをしているようだった。

星山の注意を引いたのは、たった一人で入口近くにいた男だった。そこはバーの中でも照明が暗い場所だったので、星山は彼の顔だちに注目したのではなかった。むしろおかしなことだったが、彼が縞《しま》のパジャマを着てそこに座っているように見えたので、気になったのである。

まさかパジャマではないだろう。時々、大きなホテルでも、売店にスリッパで出て来る女客はいるが、パジャマで出て来る客というのは見たことがなかったからである。

一人で酒を飲む客もないとは言えないが、バーで一人で座っているのは、普通、誰かを待っている客である。あのパジャマ風のシャツを着た陰気な男は、一体、誰を待っているのだろう。

彼の前には、一見フライと見える皿が置いてあった。このバーでは、何種類かのなかなかおいしい軽食を出すのである。席についてからそれとなくメニューを見ると、「帆立のフライ」というのがあった。

しばらくすると、九住が来た。仕事の話や同級生の消息を喋り合った後で、星山はふと縞シャツの男の方に眼を遣《や》って言った。

「あの男、さっきからあそこに座ってるんだけど、一向に相手の女が来ないんだ。大丈夫かね」

九住はちらりと男を見やってちょっと目を伏せ、更に一瞬おいて答えた。

「いいんじゃないか？　どうせ相手には、いろいろ時間を守れない理由があるんだろうから」

「そうだな」

星山は素直に同意した。仕事の相手でも、喋りたいだけ喋って一向に要領を得ない男には今まで何人も会ったことがある。そんな男の相手をさせられれば、たちどころに予定の時間は一時間は延びるであろう。ましてや相手が女の場合なら、なおさら時間は守られないだろう。

間もなく星山は手洗いに立った。男の前には帆立のフライだけでなく、今度は恐らく海鮮サラダだと思われる緑が山になった皿が置いてあった。しかし星山の素早い観察の結果では、男が最初にオーダーした帆立のフライは、たった一個しか減っていなかった。サラダの皿は、たった今しがた運ばれて来たのかもしれないが、ほとんど手がつけられている様子はなかった。

それから更に三十分ほどすると、九住に電話があった。

「もういいよ。君は忙しいんだから帰ってよ。僕もこれ一杯飲んだら、引き上げるから」

「そう？　じゃそうしよう」

九住はさらりと言った。

星山は飲みかけをゆっくり飲んでから引き上げるつもりだった。一人になってみると、最初から一人で来そうにもない女を延々と待って飲んでいる男の不安な立場が改めて思いやられた。

勘定書を持って席を立った時も、まだ縞シャツの男は一人だったが、ほとんどお飾りのような軽食の皿は更にもう一枚増えていた。ソーセージの皿が新たに男の前に置かれていたのである。

当然星山が払うつもりだった勘定は、既に九住によって払われた後だった。

「へえ、困るねえ」

星山は事情を知っているのか知らないのかわからないレジの男に言った。

「とにかく支配人の方からお勘定は頂かないように言われておりますので」

「そうか、それじゃまあ、言われた通りにしよう」

言いながら星山はまだちらりちらりと縞シャツを見ていた。彼は時々水割りのグラスには口をつけていたが、つまみの皿には全く手を触れていなかった。彼はそこにいるために、三十分置きくらいに全く食べる気のない料理を注文しているとしか思えなかった。

星山はその翌日の午後、東京へ帰った。

本来ならこちらから、ご馳走になって楽しかったと九住に礼の手紙を出すべきなのに、星山は仕事に取り紛れて、それを延ばし延ばしにしていた。すると、九住の方から手紙が来たので、星山は「しまったなあ。後《おく》れをとったなあ」と独り言を言いながら、封を切ったのであった。

「久しぶりに会えて、楽しい晩でした。まだ友達が死ぬ歳ではないけれど、次第次第に話の合う人が周囲に少なくなって行くような気がして僻《ひが》んでいたところだから、君に会えてほんとに元気づきました。

実は黙っているべきことかもしれないけれど、君が興味を持っていた人物が、偶然僕のよく知っている人だったから、ちょっとおもしろい話を教えます。

あの夜君が、一人でバーに座っているのを気にしていたパジャマみたいなシャツを着た男は、実は僕の義理の従兄に当たる。つまり家内の従兄です。いろいろと事情があって、彼は妻と離婚しました。もう十八年も前のことです。その時、生まれて半年の息子がいました。まだ赤ん坊だった子供は別れた奥さんが実家で育てたいと言ったので、彼は男手ではとても子育てもできないことだし、息子と暮らすのを放棄したのです。

もちろん、養育費は送る約束だったし、彼もできるうちはそれをしていたのだけれど、途中で病気をしたり、勤めている会社が倒産したりで、それが途絶えた時もあった。その時を利用して、別れた奥さんは、もう父親の義務を果たさないような男は、息子と会うのを止めるように言って来たのです。奥さんの家というのがわりと資産家だったから、それを好機に、子供を純粋に自分のものにしたかったのでしょう。

中間の物語は省くとして、そうやって子供の顔をずっと見なかった父親が、最近子供に会えるかもしれない機会がやって来た。私の妻が、今のままじゃ、いくらなんでも良兄さん（その従兄のことです）がかわいそうだ。息子ももう大学生になったのなら、そろそろ自分の意志で、父親に会うか会わないか決めたらいい、ということになった。その前には、両親の離婚の経緯も、恐らく母親が、自分に都合がいいように聞かせていただろうし、息子がどう判断するかは別として、父親側からも、当時の離婚の原因を聞かせなければ公平な判断はできないではないか、というのが妻の言い分です。

こういう論理が、まあやっと向こうに受け入れられて、息子は初めから少し抵抗して、自分を捨てたような父親には会いたくないみたいなことも言っていたらしいのだけれど、とにかく第三者の話なら聞こう。その上でどういう気になるか、というところまで折れた。それで私の女房が、赤ん坊の時以来会わなかった息子をうちに招いて、昔の離婚の原因を説明することになった。それがあの夜だったんです。その間父親はホテルのバーで待っていることにしました。息子が父親に会ってもいい、と納得するかどうかは、まだあの段階では誰にもわからなかった。私が何となくホテルに残っていたのも、そこらへんの成り行きが少し気がかりだったからです。

あの従兄はあまり酒が飲める方じゃない。だから悪いと思って、これまた食べる気もなかったらしいつまみをあれこれと三十分置きくらいに取ったようです。それがあの人の、バカがつくくらい律義なところなのだけれど、とにかく約束のバーでずっと待っていた。しかし息子は一向に現れない。君が見ていたのはその辺までです。

あの従兄は、終《つい》に十一時まであそこで待った。息子の方が、すぐに父親に会います、とは言わなかったからです。女房の方も、無理に強いたら全部がぶち壊しになると思うから、自然に自然に話を進めるつもりだったんだけど、そのうちに時間は段々遅くなる。女房は、もう良兄さんはいくら何でも帰ってしまうだろう、と焦った。

しかしとうとう、十時を少し過ぎてから、息子が『じゃあ、ホテルまで行ってみます。それで会えたら会いましょう』と言ったというのです。一種の賭ですね。

家内はほんとうは胸が潰れる思いだったと言います。一口に四時間以上というけど、相手があって、話でもしながらの四時間なら大したことはない。しかし一人で四時間以上を待つのは並大抵ではない。

でもあの実直な従兄は待っていたんです。後で、従兄が語ったことなのですが、息子と久しぶりに顔を合わせた時、従兄の方から『やあ、〇〇か？』と名前を呼んだそうです。そうしたら『今までいたんですか。もういないかと思いました』と息子の方が言った。するとあの従兄が『十二時でも、一時でも待っていたさ』と胸を張った。私から言わせるといささか子供じみた表現だけれど、息子の方は、それほどお父さんという人は、自分に会いたくて待っていてくれたのかと思ったらしいね。

人の和解のきっかけなんてそんなものでしょうか。よかったと思っています。まあ、今まで通りの暮しが続くわけだけれど、父と息子は付かず離れず、会うことになるでしょう。そして僕ははたと気がついたのですが、君だって気にしてくれていたんだから、この喜びを報告しなくてはいけないような気がしたのです。

待つことができるというだけでも、多分大きな美徳なんだね。僕はその点だけでも従兄に劣る。僕にはその才能がありません。僕だったら、せいぜい二時間待ったら諦めて帰ってしまっただろう。僕はどこか基本的な優しさに欠けている。そう思わされました。

また来てくれたまえ。君があの夜、幸運を持って来てくれたような気がしてならない」

美少年の祭りの日

今日はアレキサンドリアではアドーニスの祝日。アフロディテーに愛された美少年の祭りである。町のざわめきは聞こえないが、私たちの住んでいる地区の小道まで、今日は人通りが多いような気がする。祭りを見ようとして田舎から出て来る人が増えるのである。

女中たちの声まで、今日はひときわ高い。午後からは休みにしてもらって着飾って町へ遊びに行くことになっているので、今からうきうきしているのである。町に行ったたって人と車が多いばかりでどうということはないのに。

私は昨日用事で、そろそろ賑わいだした町に出た。祭りの前日で海には既に祝いのための船が集結しているのが見えた。町には人や羊が溢れていた。インドから来た粗末な服をつけた仏教の僧侶たちまで、眉には厳しい表情を残していたが、実は町の雑踏を見ようと繰り出していた。

私は表通りからほんの少し入った小さな路地に入り、その隅に倒れている一人の男を見たのである。老人のように見えたが、実は三十を幾つも出てはいなかったろう。誰もが埃を浴びて横たわっている彼を横目で見ながら過ぎて行った。完全に死んでいたなら、死体を片づけようとした人もいただろう。しかし彼はまだ息をしていたから、誰も手を出さなかったのだ。この私も……。

それが現実というものだ。それがこのアレキサンドリアの生活なのである。およそ世界にあるものは、すべてここアレキサンドリアにある、と人は言う。富、体育場、灯台、権勢、静寂、名声、視野、哲学者、黄金、若者、神々の神殿、良き王、図書館、葡萄酒と女たち……その中で、あの男は、健康も、金も、富裕な親戚も、親切な友達も、恐らくは妻も子もなく死んで行くのだ。栄華の町の、これが実態だ。

私はその朝、ちょうど偉大なる祖父の『ベン・シラの知恵』の、「女の選択」について訳していたところだった。このごろ、とびとびに訳すことが習性となっていたが、昨日訳していたのは、以前抜かしたままにしていた部分だったのである。

「女は夫としてどんな男でも受け入れるが、
男には、或る娘は他の娘よりも好ましい。
女の美しさは、夫の顔《プロソポン》を輝かせる。
これは、人のすべての望みのうちで最上のものである。

もし、彼女の唇に慈しみと優しさがあるならば、
その夫は、他の男より幸せである。
女を手に入れる者は、財産作りを始める者であり、
自分にふさわしい助け手と、憩いの柱とを手に入れる者である。
垣根がなければ、土地は荒らされる。
妻がなければ、男は溜め息をついてさまよい歩く。
町から町へ渡り歩くすばしこい盗賊を、
誰が信用するだろうか。
住む巣もなく、日が暮れた所で宿る人も、
これと同じである」

祖父の住んでいたエルサレムもこうだったのだろうか。これはまるでアレキサンドリアの風景を描いているようだ。ここには、あらゆる港から人々がやって来る。繁栄と富と名声を得ようとして……もちろん名声や富は遠い先のことだ。人々は僅かな金を握れば、それを婚資として、まず妻を得ようとする。それもできれば、美しくて、慎み深く、家事のうまい女を探すのだ。確かに、いい妻を得た男の顔は輝く。しかし多くの男が、まず第一の点——結婚のための金を得る段階——で失敗する。あの道の隅で死にかけていた男のように、疲れ果てて死ぬのだ。虫けらのように……。

祖父は妻のない男に厳しかった。祖父はそういう男を「すばしこい盗賊」などと表現している。つまりよく装備して身のこなしの早い盗人どものことだ。

しかしあの死にかけていた男は、決してすばしこくはなかった。彼にもしいい妻がいたなら、毎日の労働がどんなに辛かろうと、帰って行く家の小ささなともしびがその疲れを癒してくれただろうに。

町が明るくざわめく時ほど、人生に失敗した人間の暗い影がよく見える時はない。しかし浮き立っている女中たちには、そんな人の姿は、町を歩く羊ほどにも目に止まりはしないのだろう。

小野田浩平はどちらかと言うと、人から陽気で幸福な性格と思われていた。

会社の近くに「春江」という飯屋があって彼はよくそこへ行ったが、同僚と食べている時も話し方があけっぴろげだから、皆は彼が愚痴めいた話をするのもサービス精神からで、話半分に聞く方がいい、と思うようになっていた。

「うちのかみさん、家事は全くへたなんだよ。夕飯っていうとコロッケかエビフライだからね」

「買ってくるの？」

仲間は初めのうちは、恐る恐るという感じで聞いていた。

「いや、うちで揚げるんだよ」

「それじゃけっこう手がかかってるじゃないか。コロッケうちで作るなんてまっぴらだってうちの女房なんか言ってる」

「冷凍でしょ。油ん中に、ジャーッと入れればそれで出来上がりよ。それにキャベツを少し刻んで付け合わせ。それで終わり」

「おつゆもなしですか？」

初めは居合わせた女子社員も、まじめに質問したりしていた。

「あるよ。インスタント味噌汁。あれはなかなかおいしいけどね」

「種類もたくさんありますしね」

「そう、知ってますか？　僕は何種類のインスタント味噌汁があるか調べたのよ。五十九種類ですよ。僕が、簡単に買える範囲のスーパーで五十九種類だよ」

少し酒が入っているから、話はほんとうなのかでたらめなのか、誰にもわからなかった。するとカウンターの中で、一人で料理を作っている春江という三十少し過ぎの太り気味の女主人が、

「すみませんねえ、うちのお味噌汁は変わりばえがしなくて……」

と言いながら、油揚げと小葱《こねぎ》を散らした味噌汁を出すのであった。

「ねえ、春江ちゃん、五十九種類も味噌汁があるのが不自然なのよ。わが家の味噌汁って言ったら、普通人気のあるのは、七、八通りのもんだと思うよ」

「小野田さんの好きなのは、どんな実ですか？」

と春江は聞いた。

「僕、恥ずかしくて言えない」

「どうして？」

「野暮だって思われちゃうもの」

「どんなのですか？」

春江はなおも尋ねた。

「ジャガイモとわかめ」

「わあ、ジャガイモなんて、特にどうってことないわね」

と女子社員は言った。

「僕ね、ジャガイモとわかめの味噌汁には、特別な思い出があるのよ」

と小野田は言った。

「僕は、父親が家出みたいにして出て行って、よその女と暮らし始めた後、母親に養子に出されたのよ。その頃、実母は身体が弱くてとても働けなかった。だから、僕をほしいという遠縁の子供のない夫婦にくれてやったわけ」

「小野田さん、結構苦労してるんですね」

「でも養父母という人もいい人だったから、僕には生みの母親がいることを、少しも隠さずに教えてくれたし、時々は会いにやってくれた。伊豆の田舎で、母親と祖母《ばあ》ちゃんが僅かな畑耕してる貧しい農家よ。そこへ行くと、祖母ちゃんが味噌汁作って食べさせてくれる。もちろん行く度にいろんな味噌汁食べさせてくれるんだけど、或る時、ちょうどジャガイモの採れる頃だった。祖母ちゃんが作った新ジャガと、その辺の磯で採って来たわかめよ。どっちもまあ、ただみたいなもんでしょう。だけどおいしかったね。祖母ちゃんのうちからは、ほんの僅か海が見えてね。ああ新ジャガとわかめの味噌汁っていうのは、陸と海の抱き合った味なんだなあ、と思ったことがある。何だかとっても豊かな感じだった」

春江は一瞬、流しで動かしていた手を止めて小野田の話を聞いていた。

「それでそのお祖母ちゃんとお母さんは、今も元気なの？」

同僚が尋ねた。

「いや、二人とも生命力の薄い人なんだね。僕が大学出ないうちに二人とも死んじゃった」

「じゃ田畑、遺産として残ったでしょう」

「それがね、台風で屋根が漏りだした時、葺《ふ》き替えに金が掛かったとか何とかで、借金してた、って言うんだよ。そう言って来た近所の人がいたから、僕、僅かな値段で小さな畑を売って、皆返しちゃったの。何にも残らなかったよ。でも借金が残らなかっただけ幸せだったから」

「そりゃ、そうだね」

「死ぬ前にお袋が僕に言ったんだよ。家庭的なお嫁さんもらって、体を大事にして、子供をたくさん産んで、一家仲良くいっしょに住んで長生きしなさい、って。お袋の頭の中には、人生の価値はそれしかなかったんだね」

「そんなにむずかしいことじゃないじゃないか。大金持ちになれとか、社長になれ、とかいうんなら、むずかしいけどさ」

同僚が言った。

「ところが僕にはそうじゃなかったね。かみさんは家庭的でないし、こんな食生活してたら、僕は中年過ぎたら必ず病気するって言う人もいるような生活だしさ。子供は嫌いだから産まない、って言うでしょう。お袋が生きてたら、がっかりしただろうな」

そこまで小野田の私生活に立ち入っては知らなかったらしい同僚は、挨拶の言葉に詰まって黙っていた。

その次に小野田が一人で来た時、春江はためらいがちに言った。

「小野田さん、ほんとうにうちでもお食事悪いの？」

それはひどく遠慮がちな調子だった。

「そうだよ。肉と油が多すぎるの。何でも揚げるか炒めるかマヨネーズをかけるかだから。野菜なんて、一っぺらもない日だってあるんだから。きっと僕は五十歳で癌になると思うよ」

「奥さん忙しいのよ」

「忙しいことなんてあるもんか。ずっとうちにいるんだよ。低血圧だから、昼ごろまで寝てるでしょう。だからいよいよ血圧下がっちゃう。それからやっと起き出して、どうしても気分がはっきりしない時には近くのコーヒー屋へ行くんだって。そこでコーヒー飲んで煙草吸って、人の噂話してたら、いよいよけだるくなるよね。それで冷凍食品とか出来合いのおかず買って帰る。ハンバーグとか、酢豚とか、キャベツのロール巻きとかさ。出来合いの味ってどうしてだか、すぐわかるね」

話を聞きながら春江は黙って、おから炒りと絹さやえんどうなどを出すのであった。

「このえんどう、どうしてあるの？」

一口食べて、小野田は尋ねた。

「何にもしてないわよ。ただ塩水でさっと茹でてあるだけだけど、新しかったから」

「甘いなあ。僕、砂糖でも入れてあるのかと思った」

「何にもつけない方がおいしいでしょう。他のお客さまには、このまんまじゃ出せないけど。お料理じゃないですものね」

「僕ね、食べたいのはこういうものなのよ。このおからもおいしいなあ。どうやって作るの？」

「割りと油をたくさん使うんだけど、新しい油より、野菜のてんぷらなんかした後の油の方がおいしいの。他には、葱と人参と椎茸を入れるだけよ」

「僕はこれでもう他には何もいらない」

「お味噌汁はいいでしょう」

「ああ、味噌汁はいつでもいいなあ」

それはジャガイモとわかめの味噌汁であった。

「こないだ、これが好きだ、って言ってたから」

春江はちょっと恥ずかしそうに言いわけした。

「悪いね。ジャガイモの味噌汁ってちょっとめんどうなもんだって知ってるんだ」

「どうして？　何にもめんどうなことないわ。皮を剝くだけですもの」

その次に小野田が来ると、春江はためらうように言った。

「お店の裏口の所に小さな窓があるのよ。よかったら毎日、そこに何かお野菜のお料理を入れておくわ。そうすれば、あなた、声をかけないで気楽に持って帰れるから」

「せめて君がちゃんとその分お金取ってくれるんならいいけど……僕は他に君に何もしてあげられないんだから。僕はほら、家庭で苦労してるから、怖くて家庭を壊せないんだ。どんな家庭でもね」

小野田は言った。

「お金なんて取れないわよ。茹でただけのさやえんどうで、お金なんてもらえないじゃないの」

春江はそう言ってから付け加えた。

「昨日、私の知ってる人のそのまた知り合いが来て、私の知ってる人が、まだ四十二なのに、癌でもうだめなんですって。勤めてからずっと猛烈社員だったでしょう。だから朝はコーヒーいっぱい飲んで家を出て、昼はラーメン、夜も会社の近くでかつ丼、みたいな暮しをもう二十年もして来たでしょう。そのせいだろう、って言うのよ。

そしたら、あなたのことが心配になったの。お野菜食べないと癌になるんなら、私はあなたが死なないようにできるかもしれないじゃないの」

「ほんとうに春江ちゃんはいい人だなあ。それなのに、僕は何にもできない。ただ、そんな好意をもらっちゃいけない、って思うだけで竦《すく》んでる」

「何も恩に着ることはないわ。私にだって楽しみがあっていいの。だって一人の人を健康にしていると思うの、いい気持ちですもの」

春江の店は、小野田の帰り道にあった。地下鉄の駅までの最短距離を辿れば、自然に春江の店の前を通ることになる。小野田は閉められたままの小窓の格子の外に、「小野田さま」と書かれたおかずの小さな紙包みが挟んであるのを見るようになった。黙ってもらって行く日もあれば、中に入ってカウンターに座ることもあった。しかし二人の仲は、それ以上には進まなかった。

この格子の外のおかずの包みの供給が止んだのは、ごく自然の成り行きからであった。最初に義理を欠いて、窓の外のおかずを取らずに帰ったのは小野田の方であった。仕事で出かけて、適当な時間に春江の店の前を通ることができなかったからである。

それでも、時々は小野田は春江の店に寄り、その翌日のおかずの約束をしたりした。

しかしおかずの包みを期待して通ると、それが置いてない日もあったし、小野田は次第に春江の店に近寄るのを気重に感じるようになった。

そのうちに、春江の店が入っている一郭があたらしいビルになるという噂が流れた。ぽつぽつと店が閉まって行き、やがて春江の店も休業中の札が出たまま、戸口の戸も埃っぽくなって行った。

おかしなことだが、小野田は、春江の自家製のおかずの味にも飽きてしまっていた。自分の家の惣菜の味に飽きる人はいない。それなのに、春江の味には飽きたのである。小野田はその理由が今もってわからない。

小指

アレキサンドリア図書館の次長が、昨日、我が家にやって来た。新しく買い入れる書物についての相談をしに来たのだが、用事の後で、彼は、最近一人のギリシア人が軍の施設内で殺される事件があった、と言った。

私はこの男と喋っていると、相手がギリシア人であることを忘れるくらいである。我々の共通点は、柔軟だということだ。彼は巨漢である。そして静かな人物だ。もの言い方も決して偏執狂的ではない。彼は分析ということを忘れない。アレキサンドリアの町の特徴は、しばしば分析的な人物を生むということである。これは奇妙な特徴だ。アレキサンドリアという土地は一見、軽佻浮薄に見えながら、実は彼のようなすばらしい沈黙した英知でもって支えられている。

彼はユーモリストなのだが、他のギリシア人と違って、あからさまに声をあげて笑い転げるようなことはめったにない。ユーモアというものは、しばしば恐ろしい真実によって裏打ちされていることを知っているから、笑い話をしていても笑っていないし、悲劇を喋っていても笑っているように見えることもある。

「その人は、誰に殺されたんですか」

と私は尋ねた。

「稚児のあいかたにですよ」

私は首を竦《すく》めてみせた。私は狭量ではないが、ギリシア人の感情のよき理解者になる気もない。ただしアテナイのティマルコスという人が、彼の若い時代の売春行為が暴かれることによって政治的生命を失ったことは、誰でも知っていることだから、こういう事実はギリシア人にとっては、特に驚くほどのことでも、殺す理由でもないはずである。

「彼はものの言い方が悪かった。というより場を選ぶことができなかった」

この軍人は、満座の中で、彼の稚児に対して「お前はまだ妊娠していないのか」とからかった、というのだ。するとその稚児は、ほんの一瞬、すずしい眉を顰《ひそ》めただけで、いきなり軍人の胸を刺した。ためらいはおろか、その瞬間もその後も、一切の感情の乱れは見せなかったそうである。

つまりこの稚児は、自分の快楽のために、稚児になっていたのであって、他人の嘲笑を受けるためではなかった。それに、彼は自分の立場が女のようだとは、全く思ったことがなかったのだろう。

恐らくそれまでは、その稚児も相手を心憎からず思っていたのだが、それが一瞬のうちに憎しみに変質した。二人の仲を公開したからだ。

ちょうど、私は偉大なる祖父の『ベン・シラの知恵』の中の「人間の惨めさ」に言及した部分を訳していた。いささか符合しすぎて、ますます気が滅入るようだったが、それだけに祖父の書いた書物の内容は、私の胸に染みたことは言うまでもない。

祖父は次のような言葉で、人間の惨めさを説き出す。

「大きな苦労は、すべての人間の定めであり、
重いくびきは、すべての人間の上にのしかかっている。

これは母の胎内を出たその日から、
万物の母なる大地に帰るその日まで続く」

祖父の言う「苦労」を「アスコリア」と訳したのは、この言葉の方が却《かえ》って祖父の実感をよく表すような気がしたからだ。スコリアは、暇や遊びを指す言葉だから、それに否定の接頭語をつけたアスコリアは、余裕のない重苦しい暮しを意味することになる。

「彼らの重い煩いと心中の恐れ――

将来についての心配は、死ぬ日のことである。

栄光の座に座る者から、
地と灰にはいつくばる者まで、
ヒヤシンス色の衣をまとい、冠を戴く者から、
荒布を身につけている者まで、
怒りとねたみ、悩みと不安があり、
また、死の恐怖と、憤りと、争いとがある。
その思いは、床に憩い、
夜眠るときも、姿を変えて現れる」
この世の悲しみは、誰をも公平に襲うのであった。祖父はそれを透明な視野の中に捉える。ヒヤシンス色の衣を着て、冠を戴いているのは、エルサレムの神殿の大祭司である。彼は最高の権威者であった。
祖父は大祭司とも親交があったのを私は知っている。大祭司の一人息子の病がどんどん重くなって行った時、祖父は大祭司に呼ばれて、エリコにある彼の屋敷まで行った。大祭司はその時、祖父に救いを求めたのであった。祖父は慰めて帰って来たが、子供はその翌日死んだ。大祭司といえども、苦悩を避けることは出来ない。
その時、大祭司が祖父に語った苦悩を、祖父は実はそのままこのくだりで書いていると思われる。
「休む間は僅かあるか、まったくないかで、

寝ても、真昼のようにすぐ疲れ果て、
戦う前に逃げた兵士のように、
心の幻に悩まされる。
危機一髪の瞬間に目が覚めて、
その恐れが根も葉もないものとわかって驚く」
祖父に会った時、大祭司は心労に疲れ果てていた。生きていることが悪夢のようだ、と言った。今子供が死んだ、という夢を見て、飛び起きた時、子供は痙攣《けいれん》を起こしてはいたが、まだ死んでいなかった。大祭司は、子供が早く死ぬのを願っているような気がした、と祖父に語った。
祖父の思いの中には、政治的にも栄光の座についている人のことがあったろう。それが誰であるか、私には特定できないが……特定する必要がないほど、誰もが同じ苦しみを抱えていたことを祖父は知っていた、と解釈する方が正しい。
それならば、神の業とはいかなるものだったのか。そんなに人間を苦しめるだけのものだったのか。
それは違う。神は人間が、重厚な善を手にするために悪を作った。悪に耐え、悪を見つめ、悪の陰影の中から、ほんとうの光を見るために、人間を不幸に叩き落とした。
稚児にいきなり刺し殺された軍人の不幸は、彼の境遇を襲った陰影の意味を考える暇もないうちに、素早く死んだことだ。

大村吉次《きちじ》郎《ろう》は、ここのところ、毎月第三日曜日の朝行われる町内会の清掃奉仕に加わることになった。もう、定年を間近に控えているのだから、そういう奉仕活動に「慣れていた方がいいわ」と妻が言うので、それもそうか、と従うことにしたのだが、特別に楽しい仕事でもなかった。

ただ吉次郎の唯一の楽しみは庭いじりだったから、清掃作業には慣れている、という微かな自信はあった。鋏《はさみ》や鋸《のこぎり》も使いいいのを持っているし、ただ落ち葉を掃くだけでなく、石だたみや塀の割れ目から生えた雑草を引き抜いてきれいにするような技術も知っている。初めてこういうことをする人は、雑草か栽培植物か、その違いもわからない人が多いのである。

仕事も仕事だし、日曜日ということもあって、出て来るのは、自然、中年以上の年齢の人に偏っていた。いい若い者は、日曜日の午前中などひたすら寝ていたいのである。むしろ、まだ現役にある吉次郎などは、若い方の部類に入るくらいであった。

吉次郎が庭仕事を好きになったのは、彼に肉体的な欠陥があったからである。まだ敗戦後の貧しさも混乱も残っていた三歳の時に、彼は叔母の家に遊びに行き、二歳年上の従兄とふざけて遊んでいるうちに、従兄の持っていた鎌で小指を切り落とされた。もちろん悪意ではない。二人とも幼くて、危険なものもよくわからず、用心ということも知らなかっただけなのである。

先が切り落とされた指の恰好が、まるでやくざが指を詰めたようだということを吉次郎が知ったのは、ずっと後になってからである。吉次郎自身は、実際にそうじゃないのだから、気にすることはない、と思っていたが、現実はそうでもなかった。バーに連れて行かれた時、吉次郎の指に気づいたホステスが、急に逃げ出したこともある。上司に、指がまともでないので、世話しようと思っていた縁談が、お互いの履歴書を交わしただけで、見合いまで行かずにだめになったと告げられたこともあった。

しかし小指の欠損で、特に不自由を感じたことはない。ピアニストやヴァイオリニストになりたかったことは一度もないのだから、挫折を感じることもなくて済んでいたのである。

それでも吉次郎は、いつのまにか人との交際を避けるようになっていた。独りで静かに、何かをやる方が心は穏やかであった。吉次郎はやがて習字の教室に通うようになり、そこで妻の富枝と知り合った。吉次郎の怪我の話を素直に聞いて痛ましく思ってくれたことだけで、吉次郎は深い好意を感じた。

高卒で働きに出て、質素に暮らした上、妻も佃煮屋で共稼ぎをすることをやめなかったので、二人は他のサラリーマンより小金を溜めやすい状況にあった。子供もできなかったので、結婚後八年もすると、二人は東京から千葉県にちょっと入った所に土地を買って、そこに二十坪ほどの小さな家も建てた。佃煮屋はずっとやめないでほしい、と言ったのだが、妻は新しい土地のクリーニング店に勤めることにした。

新居はもう十七年も経ち、安普請なのでそろそろあちこちにがたが来るようになっていたが、小さな庭には、吉次郎が長年かかって集めた椿が生い茂るようになっていた。吉次郎は椿の華やかな花が大好きだった。首がころりと落ちるので縁起が悪い、と言う人もいたし、時々すさまじい痒《かゆ》さをもたらす毛虫も発生したが、それでも吉次郎は椿を増やした。

その中には植木市で買ったのもあったが、田舎の藪《やぶ》に生えているのを「盗掘」してきたものもけっこうあった。吉次郎は子猫を拾って来るように、椿を拾った。椿は、吉次郎の家に来ると、決まって急に大きな顔をするように感じられた。

妻はしかし吉次郎の趣味にはほとんど同調しなかった。むしろ庭掃除は夫の仕事、と決めて押しつけたような感じがあった。妻は宝塚のファンで、月に二回は必ず宝塚を見に行った。好きなスターの出る舞台を見るには、徹夜をして切符を買わなければならないこともある。吉次郎は、妻のそういう趣味に付き合うこともしなかったが、それについていささかでも批判するようなことは言わなかった。

町内の清掃会には、一人だけちょっと目立つ女性がいた。吉次郎より少し年配と思われる、背骨の曲がった婦人だった。もちろん吉次郎は、彼女と仕事上の口をきくだけで、彼女の病気について触れることもなかったし、彼女の方も吉次郎の指について「どうしたんですか？」というような質問もしなかった。その婦人の隣にしゃがんで、伸びすぎたツツジの枝を切ったり、草を取ったりすることに、吉次郎は気楽さを覚えていた。いささかの肉体的な病気や怪我を持っていない人はほんとうはないのだが、普通、それに気がついていない人は、眼に見える欠陥を特別扱いにする。だが、この婦人の隣ならお互いさまという感じがあった。

「お名前は何ておっしゃいます？」

ある日、吉次郎はその婦人に尋ねた。

「秋岡星子です」

「お星さまの星ですか？」

「ええ、小さい時からちびでしたから、ちょうどよかったのよ」

「あなたは、おしゃれな方ですね」

吉次郎はつい思っていたことを口にしてしまった。

「え、どうして？」

相手は明らかにびっくりしたようだった。清掃奉仕に来ているのだから、誰もおしゃれなどしているはずもなかった。

「あなたのブラウス……」

「これ？　これもう古いものよ。五年くらいは着ているかしら」

それがどうした、と言わんばかりのさばさばした目つきだった。

「普通あなたのような体の方だと、背中が丸いからブラウスの後ろの裾が真ん中のところで上がるもんでしょう」

吉次郎は正直に言った。

「それが、あなたのブラウスはいつも裾線がぴりっと真っ直ぐだ」

「姉のおかげなのよ。姉が今でも私の母代わりで、私の体に合うようにブラウス買う度になおしてくれるからでしょう」

「裾をおろして、長くするの？」

「まさか。ブラウスは、裾で長さを調節できるほど縫い込みの余裕なんかないのよ。むしろ後ろの短い部分に合わせて、前を切って裾線を揃えるの。私ちびだからブラウスが短くなるのは平気だから」

「どっちにしても、あなたは人生をきれいに生きているね」

「あなたこそ」

星子は言い返した。

「あなたは何でも四本指で器用になさるけど、それがとても優雅に見えるのよ。五本だと『摑む』っていうような荒々しい感じになるでしょう。だけど、四本だと『持つ』っていう感じになるの。おかしなもんね」

「そうかな。そんなふうに思ったことはないけど、ただ子供の時の事故だからね。途中から不自由になったんじゃないから、こんなもんだと思って来たんですよ。その時、痛かったって記憶もあんまりないんだから、私はよっぽど人間がおめでたくできてるんでしょうね」

「私も、女姉妹三人の末っ子だから、可哀相がられて甘やかされて、考えてみればうんと得しちゃったの。上の姉は夫婦仲が悪いし、下の姉は息子がぐれてるから、心配が絶えないのよ。私は質素に暮らせば何にも苦労がないんだから、申しわけないみたいなの」

「あなたも、苦労がなかったわけじゃないと思うけど」

吉次郎は一瞬言い惑った。吉次郎の生きて来た道、性癖、趣味、結婚など、運命のすべての結果は、彼が小指を不当に失ったことから始まっていた。それは秋岡星子の曲がった背骨と全く同じくらい横暴に、運命に対する支配力を持ったものだった。

「だけど、多分私たちは、うまくやって来たんですよ」

「そうね、多分ね」

「僕は、あなたみたいにきれいな立ち姿の人にも会えたし」

「あら、いやだ。ブラウスの裾線がきれいだって褒めただけじゃないの？」

星子は屈託のない笑い声を立てた。秋の枯れ葉の草むらはそれなりにいい香りを立てていた。

コスモスの家

「主は命令をもって雪を降りしきらせ、
　裁きを下すために、すみやかに稲妻を走らす」
と偉大なる祖父の『ベン・シラの知恵』の自然現象を描いた個所で書いている。祖父は男らしい人ではあったが、自然に対して謙虚な人だった。祖父は自分が見た光景すべてに、現実に見た以上の深い意味を感じ取ることができた。

私たちのように、ここアレキサンドリアに住む者は、雪など見たことがない。しかしエルサレムには雪が降るのだ。突然に世界を浄め許すかのように白一色で染め上げる雪を、祖父はどんな感動をもって見たことだろう。

もっとも私自身はまだ一度も雪というものを見たことがない。エルサレムに連れて行かれたのはすべて春か夏だった。子供の時には呼吸器が弱くて砂嵐の度に咳が止まらなくなるような体質だったから、いつもエルサレムには気候のいい時を狙って連れて行かれたのである。

祖父は自然を見守るのがこの上なく好きだった。その点では、私も祖父に似ている。だから自然を創造主との関係において把握する文章に出会う時、私の心は少し震え、他の個所よりはいい文章にしなければ、と焦る。

祖父の原文は、次のように続く。

「主は倉を持っていて、雲や風を取り出す」

確かにそういう意味なのだが、私はそれではどうも済まないような気がしたのである。

私は数時間この個所にこだわっていた。諦める気にもならず、これでいいや、と納得もできなかった。

その時、出入口の方にしっかりとした男らしい長着の裾さばきの音がしたので振り返ると、大股の足取りで入ってくる背の高いシャバタイと眼が合った。

「やぁ、しばらくだったね」

私は言った。

「もっと早く、お訪ねしようと思っていたのですが、お許しください」

彼は慎ましく言った。

「イツハクは元気にしてる？」

私は尋ねた。

「先生に助けていただいた子供は、ずっと元気です」

ほんとうに偶然のことだが、私たちはアレキサンドリアから少し離れたスケディアにある税関の近くで、彼の長男のイツハクが水辺で遊んでいる時に溺れかけているのを助けたのであった。まだお互いに知り合いになっていなかった頃の話だ。

シャバタイは珍しい人物であった。彼はそもそもは百姓だったのである。体も大きく、実直な、しかし頭のいい男であった。それで彼はユダヤ人としては珍しくナイル川《ネィロス》の川番として働くようになった。彼らの生計は、川を上り下りする船荷の関税で賄われるのだが、エジプト人の中にはずいぶんひどい要求をする川番もいるのである。

シャバタイはそういう阿漕《あこぎ》なことをする男ではないから、多少の要求をすることはあっても、人々を苦しめるようなことはないだろう。だから中には、必ずシャバタイに土産を持って来る人たちもいるようだ。

今日シャバタイが持って来てくれたのも、恐らくそういう人たちからの贈り物と思われる干し無花果《いちじく》で、まだ生々しくいい香りがする。

彼はもともと無口だし、社交的な男ではないので、すぐに帰ってしまったのだが、おかしなもので、彼が持って来てくれた干し無花果を一口食べた途端、私には難航していた翻訳の解決の糸口がすらすらと見えて来たのだ。私の頭脳の何と即物的なことか。

「主は倉を持っていて、雲や風を取り出す」

という部分を私はさらりと次のように変える頭の切り換えができたのだ。シャバタイのおかげである。

「それゆえ、倉は開かれ、

雲は小鳥のように飛び立つ。

主は大能をもって雲を固め、

これを砕いて雹《ひょう》のつぶてとした。

雷の轟きに大地は揺れ動き、

主が現れる時、山々は揺らぐ」

翻訳というものはすらすらと行き始めると流れるように適切な言葉が見えて来るものだ。「大地は揺れ動き」という祖父の表現には、本来は「苦しみにのたうちまわらせる」という意味がある。だから私はそれを「オディノー」と訳した。これは陣痛の苦しみに会わせるという意味で、かなり感覚的にもうまく行ったという感じがする。

「み心によって南風が吹き、

北からの突風とつむじ風が吹きすさぶ。

小鳥が飛び下りるように、主は雪を撒《ま》きちらす。

その落ちる様は飛び来るいなごのようである。
その白色の美しさは目を驚かし、
その降りしきる様は心を奪う。
主は塩のように霜を地上に注ぐ。
それは凍って、茨《いばら》の刺のようになる。
寒い北風が吹きすさぶと、
水の面に氷が張り、
水のあるところに吹きつけると、
水は胸当てをつけたようになる」
私たちはここでは氷を知らない。しかしエルサレムでは水が胸当てのような固い氷になる話をよく聞く。
「また、北風は山々を食い尽くし、荒れ野を焼き払い、
火のように若草を枯らす」
しかし祖父、ベン・シラは決して絶望的ではない。それはすべて主の業である、と祖父は次のように歓びの言葉を続ける。
「しかし深い霧はすべてのものをすみやかに癒し、
露は熱気を追い払い、喜びをもたらす。
主はそのはからいによって深い淵を鎮め、島々をそこに据えた。

海原に帆をあげる者はその危険を語る。
われわれの耳はこれを聞いて驚く。
そこには不思議な驚くべき業があり、
あらゆる種類の生き物と海の怪物が住んでいる。
主によってその使者は目的を果たし、
み言葉によってすべてのものは整えられる。
われわれは、どのように多くの言葉を用いても、
これを語り尽くすことはできない。

『主はすべてである』が結びの言葉」

主はすべてである、と祖父は言う。人は誰も、その体質や運命や生き方を変えるわけにいかない。主がそれを決めたもうた。そこに平安がある。生きる姿がある。自然現象とは決して風や雲だけのことではない。人のことでもある。

柿沼早苗は数年前から、日曜礼拝に行く教会で、ボランティア活動をするようになった。別に心からいいことをしたいと思ったのではない。子供の同級生の母親の一人に誘われたのと、流行に乗って何となくそういうこともしてみたかったのである。教会に行った理由も、別に信仰を求めたり、キリスト教の勉強をしたかったりしたわ

けではなかった。ただ歌うのが好きだったので、合唱隊に入るのが目的であった。そのうちに、結婚式や葬式の時に頼まれて歌うようになると、ささやかな小遣いまでもらうようになって早苗は大喜びした。それまで、自分で金を稼いだことがなかったのである。

ボランティアも、教会に出入りしていれば自然に頼まれるものであった。

やや引っ込み思案な早苗には、歌の他にもう一つだけ、少し自信があるものがあった。手先が器用だったのである。バザーに出すための造花を作ったり、エプロンに刺繡をしたりすることになっても、脅えたり、できないと断ったりすることもなさそうである。それで早苗はボランティア部にも属することになった。人は誰でも自分のいささか得意とする面を見せつけられる場が欲しいのであった。

やがてどういうわけか、早苗たちは中央アフリカにある貧しい国の娘たちに識字教育をするという企画を支援することになった。早苗は何度かその国の名前を聞いたのだが、どうしても覚えられなかった。

「どうして、その国を援助することになったんだい」

と無口な夫が、ある日珍しく早く帰って来て尋ねた。

「田中さんの従妹さんていう人が保母さんだったんだって。その人がそこで働くようになったもんで、田中さんが従妹のために日本で募金をするようになったらしいわよ」

早苗が加わる前に、もう田中さんのグループは、百八十万円ものお金を集めて、そこに家を一軒買っていた。その家は「コスモスの家」と名付けられた。人も、鶏も、山羊も、畑の作物も痩せ細っている中で、ピンクのコスモスだけが、日本の二倍はありそうな見事な花をつけるからだった。そしてその家で、二十人ほどの田舎の娘たちが集められて、字や、簡単な算数や、縫い物や、畑仕事や、山羊の世話などを教えられることになった。また彼女たちは、自分たちの食事を作りながら、同時に栄養の基礎と衛生についての知識も教わっていた。

「衛生って、将来、看護婦か何かにするつもりなの？」

夫は尋ねた。

「そんな高級なことじゃないらしいわよ。もっと簡単なことじゃないの？　トイレから出たら手を洗うこととか……」

早苗はそう答えたが、実はそれ以上よくわからなかった。何しろ人の話では、その家は、別棟のトイレがついているような「豪邸」だということだった。トイレのついた家など、その地方ではなかなかないのだそうである。田中さんの従妹は、娘たちの寄宿舎として、囲いの中にもう一軒別の土の家を建て、日本人の寄付で買ってもらった家は、教室と自分の住居にした。先日のバザーでは、壊れた手洗いの流しと井戸のポンプを整備するというような項目があったところを見ると、生活環境を維持して行くのはなかなか大変なことらしかった。

それからしばらくすると、今度は「コスモスの家を訪問する旅行」が企画された。さすがにその国を訪問するだけでは人が集まりにくいと思ったのか、帰りにはパリとロンドンを見学する日程も組まれていた。それでもずいぶん反対の意見が出た。そんな未開な土地へ行って、病気にでもなったらどうするのだ、というのである。

「嫌な人は行かなきゃいいんじゃないか」

夫の言う通りであったが、夫はおよそ女心というものを理解していない、と早苗は思った。

「それはそうだけど、マラリアもあるし、水も悪いから危険じゃない」

「でも田中さんの従妹は生きてるわけじゃないか」

「でも旅行者は危険だわ」

女心としては、そんな未開な土地へ行く気は全くないのであった。道は舗装されていないというし、三十キロも離れた町のホテルでも浴室に浴槽がないだけでなく、シャワーにお湯も出ないかもしれないという。それに悪路は三十キロ行くのに一時間半はかかるから、訪問団は、日本人がお金を集めて買った「別棟のトイレもある豪邸」である「コスモスの家」に泊まることになっていた。

その村には当然、電気もなかった。井戸からタンクに汲み上げた水は、体は洗えても飲むには危険なバイキンだらけだし、アフリカ全般に言えることだが、周囲の住民にはエイズもひどいという。

「私、そんな恐ろしいとこはいや」

という人も多かったし、早苗もとてもそんな未開の地には行けない、と感じていた。

しかし女心としては、自分が行かないところに他人が行くのは癪《しゃく》にさわるのであった。だからそんな企画自体が無謀だ、という言い方をした人も出たのである。

結局、八人が行くことになった。早苗も本当はパリとロンドンには行きたかったのだが、目下の家計の状態ではそんなことは夢のまた夢であった。そして早苗は夫にも言わなかったが、出かけた人々がひどい病気になるか、彼女たちの乗った飛行機が落ちればいいような気持ちになっている瞬間があった。

それにもかかわらず、「コスモスの家」訪問団は数人が軽い下痢をしただけで、元気で帰って来た。誰もが南極探検をして来たほどの自信と感激に満ちた顔になっていた。

「パリやロンドンの印象なんて、あそこに行けばばかばかしい、って感じね」

と言う人もいた。もっともそう言いながらも彼女がパリで買ったというブランドもののハンドバッグを持っていることが、早苗には羨ましくてならなかった。

帰国報告会には、八十人ほどが集まった。田中さんは一応講演という形を取ったが、後の七人は、喋り慣れないから雑談という形でめいめいの体験を語ることになった。テーブルの前には、会費で用意された洋菓子とウーロン茶の缶が配られていた。

「コスモスの家」がある場所は、本当の僻村であった。田中さんたち支援者が発電機を送ったので、従妹の住んでいる管理棟だけには、夜十時まで電気があった。しかしその後、一部屋に三人ずつ泊めてもらった人たちは、中国製の石油ランプを使わねばならなかった。慣れない人にはその扱いが難しくて、中には熱いほやに触れて手にやけどをした人もいた。

夜中にトイレに行く時は、ランプを持って行く。部屋を出て、階段を下りて、一旦外へ出たところにトイレがあるのだ。

「こわいわね」

という声もあったが、首都から三百キロも離れた田舎で、夜は門番を雇っているから、それはそれなりに安全なのであった。

「でもおもしろいことがあったのよ」

田中さんが言った。

「トイレは三つ並んでいるから、私、どれに入ろうか迷ったあげく、一番左端のに入ろうとしたんですよ。そして便座に座る前に、ちょっとランプの光であたりを覗いたの」

昼間は土地の先生たちも使うトイレだから、時々は汚れていることもある。不潔な状態だったら、それなりに用心をしなければならない、という気持ちからだった。

「そしたら、便器の中に何かあるんですよ。まあ気になるほどの量じゃないけど、前の人が大の方を流さなかった、という感じね。でも気になってもう一度よく見たら、それが動いていて、中の水がさざ波立っているの」

それは蛙《かえる》であった。今は乾期だから、あたりに水がないので、蛙はトイレの便器の中に棲むことに決めたようだった。

「翌日、従妹にその話をしたら、従妹が笑うのよ。注意しようと思っていて、忘れてしまったけど、よく流さなかったわね、って」

心優しい田中さんは、トイレを出るとすぐ部屋に戻って、紙に大きく書いた注意書きをトイレのドアに貼りつけた。

「使用禁止。蛙が棲みついています」

それで使用できるトイレは二つになってしまった。

「そしたら従妹がまた笑うんですよ。土地の先生たちも喜んでいる、って。蛙をそれほどかわいがっているのかと思ったら、実はそうじゃないんですよ。先生たちもほんとうは昔通り、トイレを外でしたいのよね。それなのに教育上のお手本を示すためにも、外でしゃがんだりしちゃいけません、ってことになって、皆すごく窮屈な思いをしていたんですよ。それでそれをきっかけに、彼女たちはまた天下晴れて、自然の中で用を足すようになってしまったんでしょうね」

「でも二つ残っているでしょう？　使えるのが」

誰かがまともな質問をした。

「ええ、でも使えない理由っていうのは歓迎されますからね。もともと娘たちは、すぐ外へ出て行ってしまうんですって。外で用を足すのは本来はきっと気持ちのいいことなんでしょうね。神さまが司っておられるものの真っ只中にいるわけだから」

あら、そんなことはないわ、という私語の中で、早苗はトイレの中の蛙が、その後、果たして這い上がれたのだろうか、ということばかり心配していた。

逍遥の森の彼方

昨日は、何ごともない一日であった。少なくとも表向きは……しかし私にとっては大きな意味を持つ日だったのだ。

私はここ二カ月ほどの間で、偉大なる祖父が『ベン・シラの知恵』の中で書き続けた先祖への賞賛の部分を一挙に訳してしまったのだ。

それは「従う者・エノク」から始まり、ノア、アブラハム、イサク、ヤコブ、モーセを経て、個人的にも親しかった大祭司シムオーンまで、愛情をこめて語られたものだ。

毎日私は彼らに会っているような気がした。或いは、祖父の彼らへの親しみと尊敬をひしひしと感じた。たとえばシムオーンという人物はどれほどすばらしい祭司だったか、祖父は次のように書いている。

「彼は雲間の明けの星、
祝いの日の満月、
いと高き者の聖所の上に輝く太陽、
きらめく雲に照り映える虹、
春先の夾竹桃《きょうちくとう》の花、
泉のほとりの百合、
夏の日のレバノンの緑のようであった」
祖父は何と素朴に、自分の思いを語っていることか。私は少なくともこれらの自然を、心を高ぶらせながら思い描くことができる。そうだ、夏の日のレバノンの緑は、神が人間に慰めというものを与える約束の象徴のような光景だ。
「彼が豪華な衣をまとい、
晴れやかに正装して
聖なる祭壇にのぼると、
聖所の境内は栄光に輝いた。
彼が祭司たちの手からいけにえの部分を受け取り、
祭壇の炉の傍らに立つと、
兄弟たちは、彼の周囲に冠のような円陣を作った。
その有様は、さながら、しゅろの木に取り囲まれているレバノンの若杉のようであった」

レバノン杉のあの品位のある端正なたたずまいは、知る人ぞ知る、というものであろう。

そして祖父は結びの言葉を、高らかに書く。

「エレアザルの子、シラの子、エルシャライム（エルサレム）のヨシュア（イエス）は、
知恵と悟りの教えを
本書に書き記した。

彼は心から知恵を水のように注ぎ出したのである。

これらの言葉にそって暮らす者は幸いである。

それを心に留める者は知恵者となる。

これらの言葉を実践するならば、彼はすべてにおいて強くなる。

主を畏れることこそ、彼がたどる道だからである」

一カ月の間、私は憑《つ》かれたように働いた。歴史的叙述の部分は、さして複雑な陰影を持つ表現が多くはないから、ギリシア語への翻訳も簡単だったのだ。聖書の七十人訳《セプトゥアギンタ》が、七十人の学者によって七十日で完成したと言われるほどではないにしても、かなりの速度だったという実感がある。

もう後に残っている仕事はそれほど大変ではない。ところどころに残っている虫

の食い跡のような翻訳を仕残した所を、少し埋めれば、それで私の仕事は終わりになる。

「施し」について書かれた部分もまだ翻訳は完成していない。昨日はそれを夢中でやり遂げた。

「貧しい人に対しては、寛大な心を持ち、
お前の施しを延ばすな。
掟に従って貧しい人を助けよ。
困っているのだから、手ぶらで帰すな。
兄弟や友のために金を捨てよ。
金を石の下に隠して、むだに錆びつかすな」

貧しい人にはペネースという言葉を当てた。その日暮しの人という意味である。そして兄弟や友のために金を捨てよ、の捨てよという部分には、アポッリューミという語を使うことにした。金を失え、ということである。

それから夜になって、私は一人で海岸に出た。

長い年月であった。私はこの仕事をしているうちにも、かなり年をとってしまった。私はまだ年寄りとは言えないが、もう髪には白いものが混じるようになった。

祖父の『ベン・シラの知恵』のギリシア語訳以上の仕事を、もはや私がすることはないだろう。人間が一生にできる仕事などたかが知れている。

しかしこの大地の上には、どれほどの人が、虚しく惨めに死んでいることか。どの家にも、まだ生まれて間もなく死んだ子がいる。彼らは光さえも見なかった。葡萄の酒の芳醇な味を知ることもなかった。知恵もばか騒ぎも見ずじまいだった。奴隷として生まれ、まだ成長し終わる前にもう背中が曲がっていた子を私は知っている。その子は、ついに歯が揃うことがなかった。生え揃う前に抜けていたのだ。あの子供の短い一生を思う時、私は、自分が果たせた仕事の豊かさを思う。

私は海と陸の中心、アレキサンドリアで生きている。昨夜灯台の灯は、海面を照らしていた。そしてその光の及ばない所には、月光が波頭を金色に染めていた。灯台と月光は少しも侵し合うことはなかった。それは讃え合って輝いていた。

私はここ、昼も夜も輝くアレキサンドリアで生涯を送ることになろう。私は華やかな文明の中央で息をしたのだ。エルサレムは信仰の中心、そしてアレキサンドリアは、文明の中心だ。ファラオの時代からプントと呼ばれる香を産する国から、高価な香料を積んだ舟が昨日も港に入っていた。アレキサンドリアでなければ、誰がこんな贅沢な産物を買えるだろう。

私は祖父の知恵を充分に与えられ、現世でもこの世の栄華をかいま見た。その虚しさも力も存分に楽しんだ。そして私はそれらに惹かれなかった。それ以上に、私の心を満たすものがあったからだ。

私は人間の知恵の最上なるものを見た。それ以上何を望むことがあろう。祖父の名は永遠に語り継がれるであろう。祖父の著作は、私の翻訳まで含めて、アレキサンドリアの図書館に保管される。個人の家に置けば、盗まれたり朽ちたり焼けたりするだろう。しかし図書館に置けば、失われることはない。

私は海岸から我が家の方に戻る途中、再び振り返って海の方を眺めた。灯台の灯の手前には、王宮の森が深々と夜の暗さを支えている。大王アレクサンドロスの遺体も、森の一隅に眠っている。森の中には、研究センターであるムーセイオンに集まる学者たちの思考には欠かすことのできない散歩道《ペリパトス》もあるはずだ。逍遥する《ペリパテオー》ことは考えるために必要なことだったし、歩くこと《ペリパテオー》は同時に生活する《ペリパテオー》ことだ、というギリシア人の発想は、何と偉大な真理と知恵を物語っていることだろう。ギリシア語こそは祖父の偉大な知恵を訳すのに選ばれた言語なのだ。

その森の彼方、海岸に図書館はある。しかし遠くからでは森の陰になって建物は見えない。

その彼方に灯台は輝いていた。今日のこの日を生きて迎えられた私を祝福するかのように。

私は祖父の言葉を繰り返して思い出したのだ。

「これらの言葉にそって暮らす者は幸いである。
それを心に留める者は知恵者となる」

窓の外には、いつもと同じ光景が広がっているのを、塚本秋子は二階の窓から眺めていた。朝の喧騒が眼下にあった。走り回る子供たちは、お尻から下は丸出しである。古びて色褪《いろあ》せてはいるが、派手な腰巻に同じような極彩色の布を頭に巻いた女たちが、入院患者の家族のために、朝飯のトウモロコシ粥を煮始めているのである。

ここはアフリカの小さな貧しい国の首都からさらに三百キロほど離れた田舎町で、秋子は「聖家族の愛の修道会」に所属しているカトリックの修道女であった。しかし修道院に入る前から、看護婦と助産婦の資格を持っていたので、修道院からこの国の田舎町の産院で働くように命じられてから、言葉の壁や貧しさの制約はあっても、比較的すんなりとこの土地に溶け込めた。し馴れた仕事を続けられたことが、文化ショックを防いでくれたのである。

この国は独立以来三十五年目であった。三十五年経てば、その年に生まれた赤ん坊も立派な大人になる年月である。しかしこの国は少しも成長しなかった。むしろ、国は貧しくなるばかりだった。フランス領時代に建てられた瀟洒《しょうしゃ》な建物も市内に幾つかは残っているのだが、三十五年間、修理というものを全くしないので、レースのような繊細なバルコニーの手すりも壊れて錆だらけになり、化粧タイルは剝がれ、屋根も瓦が落ちてぺんぺん草が生えている。

それでも最近は、赤ん坊を産院で産もうという母親たちが増えて来たので、入院患者の病棟の前には、炊事用のかまどを並べた屋根つきの調理棟や、お産の前の数日を過ごすための小屋もできていた。何しろ五十キロも離れた所からやって来る人もいるので、陣痛が始まってからでは遅いのである。それにこの国には、バスのような公的な交通機関が全くない。もちろん自動車はおろか自転車だって持っている人はほとんどいないのだから、お産の近づいた妊婦たちは、早めに知り合いのトラックなどに乗せてもらって産院にやって来る。そこで夫と共に、長い人では三週間ものんびりと小屋で過ごすのである。

小屋は、壁と屋根と土間と窓が二つあるだけのものだった。もちろん電気など引いていないから、夕闇が落ちれば、寝るだけしかない生活である。季節によって違うが、妊婦は自分でうすべりや薄い布団を持ちこんでいた。他にもお産待ちの夫婦がいれば、何組とでも相部屋で過ごす。

彼らも自分で炊事をするのだから、朝と夕にはいつも香ばしい薪の匂いが、秋子のいる部屋の窓まで流れてくる。もっとも薪の匂いに感動していていいわけではなかった。薪は彼らにとっては結構高価なものなので、時々は相部屋の人の薪を盗んだとか盗まないとかで、激しい喧嘩になることがある。

そうでなければ、夫たちは、どこかで不法に薪を調達して来ていることになる。つまり夜中に人の家の庭に入って、庭の木を切り倒して薪にするのである。薪を買わずに、近いところで調達しようとすれば、司祭館の庭に入り込んで、神父が五年がかりでやっと育てたコーヒーの木を切り倒すくらいのことをやらなければならない。そうでなく、合法的に薪を手に入れようとすれば、十キロくらい遠くの高原地帯にまで行かなければならなかった。すると彼らは痩せた体で、ただ薪を手に入れるためだけに日に二十キロは歩くことになるのである。

その時、調理棟の近くに車のエンジンの音がしたので、秋子は再度窓から首を出して下を眺めた。

スザンヌと呼ばれているこの国の年寄りの修道女が小型トラックの荷台から力なく下りて来るところだった。運転しているのは、リシャールという大きな土地の庭男であった。

「市場へ行って来たの？」

秋子はフランス語で尋ねた。この土地の人だって、フランス語は秋子より少しうまいだけで所詮は外国語なのだし、そのあたりにいる妊婦たちや、入院患者の家族たちのほとんどはフランス語を解さないのだから、気楽なものであった。

「石鹼はあったの？」

スザンヌは首を振った。スザンヌは洗濯室の責任を負っている修道女なのであった。

もうこの国から、まともな洗剤が消え失せて久しくなる。初めは、どこかで売り出すという予告で行ってみれば、少しは買えることもあった。しかし次第にそのような僥倖《ぎょうこう》は望めなくなり、次に石鹼とは名ばかりの奇妙な団子が売り出されるようになった。やたらに手が荒れて、その割りには、洗浄能力がない。今ではそれさえもなくなって、灰を団子に丸めたものが市場に並んでいるだけである。

この産院では、シーツもおむつも備えつけ、ということになっていたから、その洗濯も大変だった。もっともおむつに関しては、おしっこで濡れた限りでは、母親たちはそれを洗濯に出すという発想がなかった。大体おむつを使うのも初めて、という産婦も多いので、彼女たちは、おしっこで濡れたおむつは、そのまま室内か窓のところで乾かすことしか考えなかった。だから病室の中には、いつも濃いおしっこの臭いがたちこめていた。

スザンヌにとって最大の関心事は、洗剤が手に入るか入らないかということだけだったが、たとえ手に入らなくても、彼女の信仰はいつも落胆を支えていた。彼女は、聖母マリアに「どうぞ何とかして洗剤が入りますように」とその都度祈るのであった。するとまたおかしなことに、秋子の日本の友人夫妻で、商社のパリ支店長などしている人が来て、土産に洗剤六箱を持って来てくれたこともあったのである。聖母マリアはこの土地では、決して冷たい彫像としてではなく、生きた母として修道院の中にいるのであった。

八時半には、秋子はもう診察室に下りていたが、そこには早くもうっすらと影のような女が待っていた。痩せて小さく子供のような感じである。妊娠五カ月で、カルテもあり、秋子も定期の検診をした覚えがあるのだが、ふらふらして歩けないのだという。瞼をひっくり返してみると、真っ白だから、貧血があるのである。

しかしここは、医師のいる病院ではなかった。助産婦がお産をさせるだけのところである。病院としては公立病院が近くにあるにはあるのだが、窓は割れ、検査室は機能せず、もちろんレントゲン室など最後に使ったのはいつだったか思い出せないくらいで、薬はここよりもない。アスピリンと他に胃薬が少しあるだけで、最近は体温計も壊れてないのだという。

だから妊婦たちも病人も公立病院を避けて、カトリックの産院へやって来る。切れぎれにではあるが、日本から薬を届けてくれる人や団体もあるのである。しかしもちろん滑らかな補給が続いてはいない。薬は始終何かが切れている。薬ではないが、処置用の手袋も破れてしまったままであった。

鉄剤と、ビタミン剤はまだ多少は手元に残っている。ここの人たちは、毎朝一粒ずつ飲むようにという指示なら覚えられる。しかし赤い錠剤は二錠、白い錠剤は一錠などということは、言っても理解できないのである。

秋子は女のカルテを眺めた。彼女の夫の職業は労働者で、妻は二人と書いてある。彼女自身は二十歳、三度目のお産で、上の二人の子供のうち、一人は生後三カ月で死んでいる。

「薬をあげますからね。毎日一粒ずつ飲むのよ」

「はい」

と彼女は答えるが、それは理解して言っているという口調ではなかった。

「ポケットはあるの？」

秋子は尋ねた。女はあからさまな返事はしなかった。

「薬を入れて帰るものはあるの？　ポケットでもハンケチでも布切れでも、薬を入れるものが必要でしょう？」

この国では、もう市場に行っても、メモ用紙もノートも売っていなかった。もちろん首都の高級な店へいけば、例外的に輸入品が素晴らしい高価な値段であるのだろうと思う。しかしここでは紙というものはほとんど見当たらなかった。トイレット・ペーパーはもともと使う習慣がなくて水処理だし、多くの人は読み書きができないから、新聞や雑誌を取る人も普通はなく、便箋も要らない。ティッシューなどというものはもともと全く見たことがないのである。

女はぼんやりと首を振った。嘘ではなかった。多分古着を買ったものなのだろうが、ポケットなどというものが付いた衣服は、珍しいのである。

薬を持たせる包み紙に苦労するなどということは、日本では考えられないことであった。しかしそれはいつも深刻な問題だった。日本から来る薬についた説明書などは貴重な紙である。他にどこを見渡しても、使える紙はないからだった。白いノートの紙はこれからの仕事のためには取っておかなければならないし、持っている本から、要らないページを破るという発想も、あまりにも残酷なことに思われた。それでも、患者は毎日のようにやって来るのだから、解決の方法はなかった。

仕事にかかる前に、秋子は腰のベルトにつけたチェインから小さな鍵を選んで机の引き出しを開けた。筆記用具はすべて引き出しの中であった。この国では、顔だけ見ているると、どうしてもそんなことをするようには見えない人々によって、何でも盗まれるのであった。トイレの便器まで夜の間に持っていかれたことがある。診察室の壁の高い所に掛かっていた時計も被害に遭って、今は釘だけが残っていた。

秋子は、机の引き出しにきちんと整理してある貴重なメモ用紙やクリップや鋏などの底に、一通の手紙が入っているのを見た。

それは二月ほど前に、昔、まだ修道女になる前の秋子が付き合っていた境友継《さかいともつぐ》から思いがけなく送られてきた手紙であった。

看護学校にいた頃、秋子は「友人の友達の友達」ということでちょっと不良っぽい境友継と知り合い、しばらくの間、彼のことを好きなように感じていた時期もあった。しかしもちろんそれが理由で修道院に入ったわけでもなく、彼は間もなく郷里で父の会社を継いで、従妹と結婚してしまった。

二十五年ぶりの彼の手紙は、この前修道会の会議でパリへ出かけた時、偶然飛行機の中で知り合った日本人と、境の話が出た。世間は狭いという典型のようななりゆきである。その人は仕事のことで境を知っていると言ったが、恐らくその人からの知らせを受けて、境が寄越したものであった。

相変わらず、境らしいいささかの危険な言葉を含んだもので、「昔僕が気後れさえしなければ、君を修道女にしなくて済んだのかもしれない、と妻に言ったら、『しょってるわね』と一蹴された」というような内容のものであった。

秋子はその手紙を、ずっと机の引き出しにしまってあった。境の告白が嬉しかったということではなく、日本語の手紙は、誰からのものであれ、何度も何十度も読み返す癖がついているからであった。境の手紙だけがそこに残っていたのは、それが一番新しい郵便だったからだった。

秋子は、航空郵便用の、快いばかりに薄く厳しい張りのある境の手紙を出した。そしていささかの悲しみと決断を胸に感じながら、鋏でそれを四枚ずつに切った。これで八枚の薬の包装紙が取れたことになった。

秋子は、合計で十四錠の薬を二枚の紙に包んだ。相手が日本字が読めなくて幸いなのであった。そうでなければ、何となく今はやりのプライバシーの侵害をしているような気になったかもしれない。

それ以外に方法がないことを、秋子は感じていた。主なる神は、秋子に、日々爽やかに、現世を断ち切ることに慣れるように命じておられるようだった。それに、現実に紙は他になかったし、秋子は聖書の至るところで、たとえば『ベン・シラの知恵』でも次のように教わっていたからだった。

「貧しい者に援助の手を差し延べよ。

お前の祝福が全うされるために。
生きとし生ける者に恵みを施せ」
「悲しむ者と共に悲しめ、
病人を見舞うのをためらうな。
そうすることによって、お前は愛されるであろう」

解説

石田友雄

小説『アレキサンドリア』で、曽野綾子さんは、二千二百年の時間を飛び越えて、現代の日本人とヘレニズム時代のアレキサンドリアに住むユダヤ人を結んでみせた。見事な離れ業である。

どこが離れ業なのか。風土も時代も全く違い、歴史的にも無関係な二つの文化を、併置して比較することはそれほど難しいことではない。しかし、現代日本とヘレニズム時代のアレキサンドリアというような、一見、全く接点がない二つの文化圏に住む人々の生活と思いに、皮相な共通現象ではなく、相互に共鳴する「心」を発見することは、決して易しいことではない。そのためには、二つの文化を熟知するだけでは足りない。それぞれの文化の担い手である人間に関する、深い洞察が必要になる。この小説の面白さは、比較文化の域を超えた人間の「心」の描写にあると思う。

概念的な紹介はさておき、この小説は、ヘレニズム時代のアレキサンドリアに住んでいた一人のユダヤ人が、一巻の聖典の翻訳作業を通して考えたことを通奏低音として、現代の日本で生活している種々様々な人々の、これまた種々様々な生き方を描いた二十四篇の短篇から構成されている。

読者のために、現代の日本文化と日本人について、わざわざ解説する必要はないだろう。この小説に収められている短篇の背景は、現在、私たちが生活している日本の社会そのものであり、登場人物は、私たちの周囲にいるごく普通の人たちばかりだからである。

他方、ヘレニズム時代のアレキサンドリアのユダヤ人となると、一般の日本人読者には、皆目見当が付かない話ではなかろうか。当然である。少数の研究者を除き、普通の日本人にとって、それは考えたこともない時空を隔てた、遥かかなたの異国の出来事だからである。一言断っておくと、この状況は、この小説の二十四篇の短篇に登場する日本人にとっても同じであり、彼らの中には一人としてヘレニズム時代のアレキサンドリアのユダヤ人に関心を抱いている人はいないようである。

ところが、そのようなことにはお構いなく、この小説は、当時のアレキサンドリアに住む人々の生活の中に、読者をぐいぐいと引きずり込んでいく。だから、これを歴史小説として読むためには、特に予備知識が必要だとは思わない。ヘレニズムもアレキサンドリアも、そこにあったユダヤ人コミュニティーについても、予備知識がなければないまま、読み進めてゆけば自然に分かってくるのだ。

同じことが、随所に出てくる仮名書きのギリシア語とその説明についても言える。教科書の羅列的な記述とは違って、生活感溢れる筆致で語られる説明のお陰で、多分、ギリシア語を全く知らない大多数の読者も、さほど抵抗感なしに、問題とされているギリシア語の意味を理解するのではなかろうか。

それにもかかわらず、この小説に描かれている状況の歴史的背景が、偉大な宗教文化史の一こまであることを知ることは、決して無駄なことではあるまい。そのような知識は、この小説が意味することを、より明らかにするはずだからである。

まずヘレニズムだが、これは、今日まで二千年間、文化的土台としてヨーロッパ人を支えてきた重要な文化である。紀元前四世紀後半に、アレクサンドロス大王の東征に続いて、多数のギリシア人が東地中海とオリエント地方に植民した。ヘレニズムは、大王の遺志を継いで、オリエントとギリシアを融合した一つの文化圏の創造を目指した、彼らの活動に始まる。その結果、ギリシア語は広大なヘレニズム世界の共通語になり、紀元前一世紀以降、地中海沿岸全域を支配するようになったローマ帝国でも、引き続き帝国全域の共通語として用いられた。

次にアレキサンドリアについて語ろう。アレクサンドロス大王は、東征の途次、各地に自分の名前を冠した都市、アレキサンドリアを建設した。しかし、結局、エジプト北部の港湾都市として建設したアレキサンドリアだけが、歴史に名を残して今日に至っている。それは、大王の死後、ここを首都として、その造営に熱心であったプトレマイオス朝の支配者たちの功績によるところ大である。彼らは、アレクサンドロスの陵墓や大灯台のような、後代まで語り伝えられた大建造物を建設しただけではなかった。王宮内に高等学術研究所、ムーセイオンを創設し、ここにアテナイを初め世界各地から優れた学者を招聘し、その付属図書館には七十万巻の蔵書を収集した。このような、王室の文化振興策の下に、ヘレニズム時代のアレキサンドリアは、古代世界随一の文化的、経済的中心となり、最盛期には百万人の人口を数える大都会として繁栄していたのである。

この繁栄するアレキサンドリアには、当時最大の離散ユダヤ人のコミュニティーがあった。ここで、第三の問題として、離散ユダヤ人の独特な歴史を説明しておかなければならない。独自の信仰を守って、古代世界を生き抜いたユダヤ人は、紀元前六世紀後半にバビロン捕囚から解放されると、一部の人々は故郷、エルサレムに帰還して神殿を再興したが、大多数は、主として経済的理由から、オリエント各地に住みついた。その後、世界各地に居住するユダヤ人の人口は増加し、ヘレニズム・ローマ時代には、世界に彼らが住んでいない所はないとすら言われた。その結果、ギリシア語「ディアスポラ」は、彼ら離散ユダヤ人を意味する特殊な用語となった。

離散ユダヤ人は、世界中どこに居住していても、先祖伝来の聖なる律法を遵守して生活するユダヤ人コミュニティーを形成して、民族の独自性を維持していた。彼らは、エルサレムの方角を向いて礼拝し、毎年、各人半シェケル（日雇い労働者の一日分の賃金）

をエルサレム神殿に献金し、毎年の三大祭には出来る限りエルサレムに巡礼する定めを守った。これは、離散の地は仮寓の地であり、自分たちがエルサレム神殿を中心とする民族・宗教共同体の一員であるという自意識の表れであった。

このように、離散ユダヤ人は、祖国エルサレムと強いきずなで結ばれていたが、一方的にエルサレムの方を向いていたわけではない。彼らは居住する離散の地の影響の下に、しばしば独自の文化的創造活動を展開したのである。当然、ヘレニズム文化の中心都市であったアレキサンドリアにおいて、彼らの活動は特に活発であった。その中から、紀元前三世紀に、（後にキリスト教徒が「旧約聖書」と呼ぶ）ヘブライ語聖書の中心部、「律法」（トーラー）を、当時の世界共通語であったギリシア語に翻訳する作業が始まった。彼らは、その後、約二百年の歳月をかけ、紀元前一世紀までに聖書全巻のギリシア語訳を完成した。これが、「七十人訳」と呼ばれるギリシア語訳聖書である。

ギリシア語訳聖書は、本来、離散の地で生まれ育ったため、父祖の言語、ヘブライ語を知らず、ギリシア語しか理解できなくなったユダヤ人の礼拝と教育のために作成されたのであるが、その翻訳は、素朴なヘブライ語によるユダヤ思想の表現を、ギリシア哲学の洗練された用語に置き換える、高度に知的な作業であった。同時に、ヘレニズム世界の共通語に翻訳された聖書は、異邦人（非ユダヤ人）がユダヤ教に改宗する道を開いた。そのため、宗教文化史的に考察すると、ギリシア語訳聖書の完成は、紀元一世紀に、ユダヤ教を母胎として成立したキリスト教が、共通語ギリシア語を媒介としてローマ帝国全域に広がるために不可欠な準備だったことが分かる。

これが、小説『アレキサンドリア』が物語る歴史小説の背景である。すなわち、この小説の時代的背景である紀元前二世紀後半のアレキサンドリアのユダヤ人コミュニティーには、七十人訳ギリシア語聖書の完成を目指す知的エネルギーが溢れていたのである。そこに、紀元前一三三年に、一人のユダヤ人青年が移住してきた。この小説では、彼がアレキサンドリアで、一巻の聖典をヘブライ語からギリシア語に翻訳するにあたり、翻訳作業だけではなく、日常生活の中で経験した様々な出来事を通して考えたことが報告されている。

彼が翻訳したヘブライ語の聖典は、紀元前二世紀初めにエルサレムで、彼の祖父で律法学者であった、「シラの子、エレアザルの子、ヨシュア」によって著作された書物である。翻訳者は、祖父と同じヨシュアという名の人物であった。なお、「シラの子」を、ヘブライ語では、「ベン・シラ」と言う。そこで、この書物は「シラ書」とも「ベン・シラの知恵」とも呼ばれ、そのギリシア語訳は七十人訳聖書に収められた。ところが、紀元一世紀末になると、ユダヤ人の律法学者は、正式のヘブライ語聖書にどの書物を含め、どの書物を除外するかということを決定する会議を開き、その結果成立した正典聖書（カノン）から「ベン・シラの知恵」を除外してしまった。しかし、使徒時代から二世紀頃までに初代キリスト教徒は、これを聖典と認めて彼らの「旧約聖書」に含め、カトリック教会はその伝統に従ったが、プロテスタント教会は、十六世紀のルター訳聖書以来、「ベン・シラの知恵」を正典以外の聖典集、すなわち外典に入れた。一九八七年に、日本のカトリック教会とプロテスタント教会が共同して翻訳出版した『聖書 新共同訳』で、「シラ書」は旧約聖書続編の中に収められている。

正典か外典かの議論はさておき、より重要な問題は、「ベン・シラの知恵」が語る「知恵」とは何かということである。古くから古代オリエントには、日常生活の中で人はどのように振る舞うべきかという教訓や訓戒、格言、寓話、動植物の分類から、人生の不条理、知恵の讃美に至るまで、人が遭遇する様々の事象にどのように賢く対処すべきか、ということを教えるための教育的文書の収集があった。これを知恵文学と呼ぶ。ヘブライ語聖書（旧約聖書）の中にも、「ヨブ記」「箴言」「コヘレトの言葉」など、エジプトやメソポタミアの知恵文学と多くの類似点を持つ書物があり、「ベン・シラの知恵」は、まさにこのジャンルに属す聖典である。従って、「ベン・シラの知恵」は、他の知恵文学と同様に、例えば、敬虔、誠実、謙遜、忍耐、穏健、友情、公平などの普遍的な徳目を熱心に説く。これらの教訓は、人が生きるために必要な「本当の知恵」が、具体的にはどのようなものか、ということを教えているのである。小説『アレキサンドリア』で、現代の日本人とヘレニズム時代のアレキサンドリアのユダヤ人を結びつけたものは、このような「知恵」の普遍性に他ならない。

しかし、二つの文化を結びつけるためには、知恵の普遍性だけでは足りない。それを私たち日本人が理解するためには、「ベン・シラの知恵」が原典のヘブライ語からギリシア語に、ギリシア語から日本語に翻訳されなければならないのである。

特殊な状況であるが、「ベン・シラの知恵」のヘブライ語本文は、断片しか残っていない。そこで、この書物を現代語に翻訳する際には、もっぱらギリシア語訳を用いることになっている。興味深いことに、このギリシア語訳には「訳者の序」がついており、その中でこの翻訳者は、「元来ヘブライ語で書かれたものを他の言語に翻訳すると、同じ意味を持たなくなってしまうものだ」と言っている。上手に翻訳されなかった個所があっても勘弁して欲しい、という言い訳だが、翻訳という作業が内包する問題の鋭い指摘として、注目すべき言葉である。実際、これは、何もヘブライ語をギリシア語に翻訳したときだけに起こる問題ではない。すべての翻訳が必然的に抱えている問題なのである。

すなわち、翻訳という作業が本質的に持つ困難は、すべての言語が、それぞれ特定の文化史の中で生成されてきたため、二つの言語を一語対一語で置き換えた場合、その単語が持つほんの一部の意味しか伝わらないという事情に起因する。それにもかかわらず、翻訳という作業なしで、異文化間の交流は成り立たない。だから、異文化を正しく伝える翻訳をするためには、常に二つの言語が持つ文化的、歴史的背景に十分配慮して言葉を選び、ときには説明を付け加えなければならないのである。

小説『アレキサンドリア』で、曽野綾子さんは、歴史小説の各場面に現代の日本人の様々な生き方を当てはめるという方法で、ベン・シラが語る普遍的な知恵を「翻訳」したのである。このような形で遂行された、現代の日本人とヘレニズム時代のアレキサンドリアのユダヤ人を結ぶ離れ業を、私は「究極の翻訳」と呼びたい。

（私塾・バッハの森　共同主宰者）

単行本　一九九七年七月　文藝春秋刊

文春文庫

©Ayako Sono 2005

定価はカバーに
表示してあります

アレキサンドリア

2005年5月10日　第1刷

著　者　曽《そ》野《の》綾《あや》子《こ》
発行者　庄野音比古
発行所　株式会社 文藝春秋
東京都千代田区紀尾井町3-23　〒102-8008
TEL 03・3265・1211
文藝春秋ホームページ　http://www.bunshun.co.jp
文春ウェブ文庫　http://www.bunshunplaza.com
落丁、乱丁本は、お手数ですが小社製作部宛お送り下さい。送料小社負担でお取替致します。

印刷・凸版印刷　製本・加藤製本

Printed in Japan
ISBN4-16-713325-3

小説

（　）内は解説者。品切の節はご容赦下さい。

赤川次郎
幽霊温泉
ひなびた温泉に男の死体がプカリ。事件を追ううちにメールを使った落とし穴があることが判明する。被害者の意外な〈メル友〉とは。宇野警部と女子大生・夕子が事件解決に奔走する。

あ-1-25

芥川龍之介
羅生門《らしようもん》 蜘蛛《くも》の糸《いと》 杜《と》子春《ししゅん》 外十八篇
昭和、平成とあまたの作家が登場したが、この天才を越えた者がいただろうか？　近代知性の極に荒廃を見た作家の、光芒を放つ珠玉集。二十一世紀への心の遺産「現代日本文学館」その二。

あ-29-1

井上靖
遠い海
不審な女の登場によって翳る妻の心理。男女のめぐりあいの数奇な運命のなかでたぐりよせた愛の絆とは何だったのか。二人の青春のドラマを再確認する道程なのだろうか。（福田宏年）
い-2-24

色川武大
怪しい来客簿
日常生活の狭間にかいま見る妖しの世界——独自の感性と性癖、幻想が醸しだす類いなき宇宙を清冽な文体で描きだした、泉鏡花文学賞受賞の世評高き連作短篇集。（長部日出雄）
い-9-4

池澤夏樹
南の島のティオ
南の島に住む少年ティオが出会う人々との不思議な出来事を中心に、つつましさのなかにも精神的な豊かさに溢れた島の暮らしを爽やかに描く連作短篇集。小学館文学賞受賞作。（神沢利子）
い-30-2

池澤夏樹
骨は珊瑚、眼は真珠
旅をかさね、人と世界を透徹した目で見すえ、しなやかな文体で描きつづける著者の九〇年代前半の短篇集。「眠る女」「アステロイド観測隊」「北への旅」「眠る人々」ほか。（三浦雅士）
い-30-4

（　）内は解説者。品切の節はご容赦下さい。

タマリンドの木
池澤夏樹

会社員の野山とタイの難民キャンプで働く修子。偶然の出会いから急速に魅かれあう二人だが、修子はタイへと戻っていく。新しい愛の形を描く、著者初の書き下ろし恋愛小説。（日野啓三）

い-30-5

花を運ぶ妹
池澤夏樹

一瞬の生と無限の美との間で麻薬の罠に転落し、投獄された画家・哲郎。兄を救うため、妹のカヲルはひとりバリ島へ飛んだが。絶望と救済を描く毎日出版文化賞受賞作。（三浦雅士）

い-30-6

表層生活
大岡玲

青年が人工頭脳を駆使して人間の支配を企てた時、何が起こったか？　現代に潜む前人未到のテーマに挑んだと評された芥川賞受賞作。「わが美しのポイズンヴィル」を併録。（西垣　通）

お-16-2

妊娠カレンダー
小川洋子

姉が出産する病院は、神秘的な器具に満ちた不思議の国……妊娠をきっかけにゆらぐ現実を描く芥川賞受賞作。「妊娠カレンダー」「ドミトリイ」「夕暮れの給食室と雨のプール」（松村栄子）

お-17-1

やさしい訴え
小川洋子

夫から逃れ、山あいの別荘に隠れ住む「わたし」とチェンバロ作りの男、その女弟子。心地よく、ときに残酷な三人の物語の行き着く先は？　揺らぐ心を描いた傑作小説。（青柳いづみこ）

お-17-2

背負い水
荻野アンナ

「嘘に色があるならば、薔薇色の嘘をつきたいと思う」。独身女性の揺れ動く心をユーモラスに描いた芥川賞受賞作。「背負い水」「喰えない話」「サブミッション」他一篇収録。（宮原昭夫）

お-18-1

（　）内は解説者。品切の節はご容赦下さい。

開高健
ロマネ・コンティ・一九三五年
六つの短篇小説

酒、食、釣、支那風呂など、長年の旅と探求がもたらした深沈たる一滴また一滴。表題作他、川端賞受賞作「玉、砕ける」「飽満の種子」「貝塚をつくる」「黄昏の力」「渚にて」を併録。（高橋英夫）

か-1-4

開高健
珠玉

海の色、血の色、月の色——三つの宝石に託された三つの物語。作家の絶筆は深々とした肉声と神秘的なまでの澄明さにみちている。「掌《て》のなかの海」「玩物喪志」「一滴の光」収録。（佐伯彰一）

か-1-11

川上弘美
蛇を踏む

女は藪で蛇を踏んだ。踏まれた蛇は女になり、食事を作って待つ……。母性の眠りに魅かれつつ抵抗する女性の自立と孤独を描く芥川賞受賞作。「消える」「惜《あたら》夜《よ》記《き》」収録。（松浦寿輝）

か-21-1

川上弘美
溺レる

重ねあった盃。並んで歩いた道。そして、ふたり身を投げた海。過ぎてゆく恋の一瞬を惜しみ、時間さえ超える愛のすがたを描く傑作短篇集。女流文学賞・伊藤整文学賞受賞。（種村季弘）

か-21-2

車谷長吉
赤目四十八瀧心中未遂

「私」はアパートの一室でモツを串に刺し続けた。女の背中一面には迦陵頻伽の刺青があった。ある日、女は私の部屋の戸を開けた——。情念を描き切る話題の直木賞受賞作。（川本三郎）

く-19-1

車谷長吉
金輪際

人を呪い殺すべく丑の刻参りの釘を打つ、悪鬼羅刹と化した車谷長吉の執念。人間の生の無限の底にうごめく情念を描ききって慄然とさせる七篇を収録した傑作短篇集。（三浦雅士）

く-19-2

文春文庫

小説

（　）内は解説者。品切の節はご容赦下さい。

玄月
蔭の棲みか
ソバン翁の右手首は、戦争で吹き飛ばされた。朝鮮人の元軍人が補償を求めて提訴したことを知り、過去が蘇る。そして事件が……。芥川賞受賞作に「おっぱい」「舞台役者の孤独」併録。
け-3-1

河野多惠子
後日の話
十七世紀イタリアの町。殺人犯となった男は処刑の直前に若い妻の鼻を食いちぎった！　遺された妻の恐るべき人生。精神的マゾヒズムの極致を描く、美しくグロテスクな物語。（川上弘美）
こ-28-1

鷺沢萠
帰れぬ人びと
思いもよらぬ宿命の出逢いから二人の魂は引き寄せ合って……若者たちの優しさ危うさを捉える小説集。『川べりの道』『かもめ家ものがたり』「朽ちる町」「帰れぬ人びと」を収録。（小関智弘）
さ-21-1

柴田翔
されど　われらが日々——
何一つ確かなもののない時代に生きる者の青春。生きることの虚しさの感覚を軸にして、一つの時代を共にした男女大学生たちの生の悲しみを造型した青春文学。（野崎守英）
し-4-1

篠原一
壊音　KAI-ON
十七歳・女子高生、史上最年少の文學界新人賞受賞作。ドラッグ漬けの少女に映る廃墟の風景。刹那の輪廻。進化の復習。めくるめく感性の旋回。——中篇「月齢」併録。（小谷真理）
し-29-1

長嶋有
猛スピードで母は
母は結婚をほのめかしアクセルを思い切り踏み込んだ。現実にクールに立ち向かう母の姿を小学生の皮膚感覚で綴った芥川賞受賞作。文學界新人賞「サイドカーに犬」も併録。（井坂洋子）
な-47-1

（　）内は解説者。品切の節はご容赦下さい。

辻原登
村の名前
中国の奥深くへ旅した日本人商社マンは、いつのまにか五千年の歴史をもつ「桃花源村」すなわち「桃源郷」に足を踏み入れていた……。芥川賞受賞作に「犬かけて」を併録。（千石英世）
つ-8-1

辻仁成
パッサジオ
声を失ったロック歌手は奇妙な魅力を放つ女医を追って、彼女の祖父が主宰する山中の不老不死研究所に辿りつく。そこで彼が出会ったのは……。圧倒的人気の新世代の旗手が放つ話題作。
つ-12-1

辻仁成
白仏
発明好きで「鉄砲屋」と呼ばれた著者の祖父は、戦死した友らの魂を鎮めるため、島中の墓の骨を集めて白仏を造ろうと思い立つ。仏フェミナ賞外国文学賞を受賞。（カンタン・コリーヌ）
つ-12-2

中上健次
岬
郷里・紀州を舞台に、逃れがたい血のしがらみに閉じ込められた一人の青年の、癒せぬ渇望、愛と憎しみを鮮烈な文体で描いた芥川賞受賞作。「黄金比の朝」「火宅」「浄徳寺ツアー」「岬」収録。
な-4-1

中里恒子
時雨の記〈新装版〉
知人の華燭の典で偶然にも再会した熟年の実業家と、夫と死別し一人けなげに生きる女性との、至純の愛を描く不朽の名作。中里恒子の作家案内と年譜を加えた新装決定版。（古屋健三）
な-5-4

夏目漱石
こころ　坊っちゃん
青春を爽快に描く「坊っちゃん」、知識人の心の葛藤を真摯に描く「こころ」。日本文学の永遠の名作を一冊に収めた漱石文庫。読みやすい大きな活字、詳しい年譜、注釈、作家案内。（江藤淳）
な-31-1

文春文庫　最新刊

空港にて　村上 龍
これまでの作家人生で最高の短編小説集。個別の希望とは？

闇先案内人 上下　大沢在昌
ヤバい奴を追手が届かない「闇先」に逃がすのが、オレの仕事だ

夢の封印　坂東眞砂子
甘く残酷な官能を絶妙の筆致で描く、短篇七作品を収録

龍時《リュウジ》 02—03　野沢 尚
急逝した著者が全力を注いだ超リアルなサッカー小説、第二弾

迅雷　黒川博行
「極道は身代金とるには最高の獲物やで」。ノンストップ誘拐小説

裸　大道珠貴
表題作のあたしは十九歳。芥川賞作家の瑞々しいデビュー作

天保世なおし廻状　高橋義夫
大塩平八郎の廻状の行方を追え！「大塩平八郎の乱」外伝

子盗《こと》り　海月ルイ
女の情念を描き、サントリーミステリー大賞・読者賞ダブル受賞の傑作

武田信玄 (火の巻)(山の巻)〈新装版〉　新田次郎
駿河を押えた信玄は、ついに西上を決意。三河へと兵を進めた

夏、19歳の肖像〈新装版〉　島田荘司
青春の苦い彷徨、ここにあり。もうひとつの『異邦の騎士』

アレキサンドリア　曽野綾子
聖書『シラ書』を読み解きながら、家族、愛、死などを深く探る

見上げれば 星は天に満ちて 心に残る物語——日本文学秀作選　浅田次郎編
これだけは後世に残したい日本の心、として浅田氏が選んだ十三作品

陛下の御質問 昭和天皇と戦後政治　岩見隆夫
「桑名のシジミはどうか」——昭和天皇の肉声を掘り起こした名著

昭和史発掘 3〈新装版〉　松本清張
「スパイM」ほか昭和のキナ臭さに肉薄した不朽の労作、第三弾

わが朝鮮総連の罪と罰　韓《ハン》光《グァン》熙《ヒ》 取材構成 野村旗守《はたもる》
四十年間、朝鮮総連にすべてを捧げた著者の懺悔録

がん・奇跡のごとく　中島みち
「余命いくばくもない」と宣告されたがん患者たちがなぜ甦ったのか

シャネル・スタイル　渡辺みどり
清潔こそエレガンスの基本。通俗と闘ったココ・シャネルの人生とは

希望—行動する人々　スタッズ・ターケル　井上一馬訳
逆境を生き抜いた人々の生の声、アメリカの底力

遭敵海域　C・W・ニコル　村上博基訳
世界大戦の荒波にとびこむ男たち。『盟約』続篇

結婚のアマチュア　アン・タイラー　中野恵津子訳
絶対にこの作家にしか書けない、夫婦の軌跡